Kritiken zu Ben Black – Total genial und voll daneben

Foto: © Kelly Hourigan

DER AUTOR

Mark Parisi ist zugleich Autor und renommierter Cartoonist, dessen preisgekrönter Comic-Strip »Off the Mark« in den USA seit 1987 in über 100 Zeitungen regelmäßig erscheint. »Ben Black – Total genial und voll daneben« ist sein erstes Kinderbuch.

Mehr über cbj auf Instagram unter
@hey_reader

MARK PARISI

Ben Black

Total genial und voll daneben

EIN COMIC-ROMAN

Aus dem Amerikanischen
von Bettina Spangler

cbt

Sollte diese Publikation Links auf Webseiten Dritter enthalten, so übernehmen wir für deren Inhalte keine Haftung, da wir uns diese nicht zu eigen machen, sondern lediglich auf deren Stand zum Zeitpunkt der Erstveröffentlichung verweisen.

Dieses Buch ist auch als E-Book erhältlich.

MIX
Papier aus verantwortungsvollen Quellen
FSC® C014496
www.fsc.org

Verlagsgruppe Random House FSC® N001967

1. Auflage 2019
Erstmals als cbt Taschenbuch November 2019

Dieses Buch ist erstmals unter dem Titel »Big Mäx« erschienen.
Aus dem Amerikanischen von Bettina Spangler

Die amerikanische Originalausgabe erschien 2017
unter dem Titel »Marty Pants. Do Not Open!«
bei Harper, einem Imprint von HarperCollins Publishers,
New York, NY 10007
Umschlagbild und Innenillustrationen: Mark Parisi
Umschlagkonzept: init | Kommunikationsdesign,
Bad Oeynhausen unter Verwendung einer Illustration
von Mark Parisi
AW · Herstellung: LW
Satz: Vornehm Mediengestaltung GmbH, München
Druck und Bindung: GGP Media GmbH, Pößneck
ISBN 978-3-570-31318-3
Printed in Germany

www.cbj-verlag.de

Für Mom und Dad –
danke, dass ihr immer für mich da seid.

Wenn du noch lebst und
dieses Buch lesen kannst,
kannst du dich bei mir
bedanken.
Gern geschehen.

KAPITEL 0

Kleiner Ausblick

Mit einem wilden Tier im Arm und einem gestohlenen Dokument im Mund stürme ich aus dem Haupteingang der Schule. Was in diesem Schriftstück steht, wird die Welt verändern! Und zwar buchstäblich! Aber nicht im positiven Sinn. Ich werde verfolgt von einem riesigen, wutschnaubenden …

Du würdest es mir nicht glauben, wenn ich es sage, aber ich werde es dir sowieso erzählen.

Wo soll ich also anfangen? Ich schätze, am besten ganz am Anfang.

KAPITEL 1

Ein paar Worte über mich

Ein paar grundlegende Dinge vorab. Mein Name ist Ben, Ben Black, und ich trage Schwarz. Ich habe mal gehört, dass sich Künstler immer schwarz anziehen.

Das mit dem Künstlersein habe ich mir nicht ausgesucht. Ich bin schon so auf die Welt gekommen.

Mein erstes Werk schuf ich, als ich noch ein Baby war. Mein Dad hat das damals gefilmt. Ich futterte Karottenbrei und musste niesen. An die Wand.

Schon klar, klingt erst mal nicht so toll, aber der Fleck sah aus wie ein berühmtes Gemälde mit dem Titel *Der Schrei*. Mein Dad hat das Video dann ins Netz gestellt und es wurde millionenfach geguckt. Die Leute waren verrückt danach!

Im Kindergarten wollte ich an meinen frühen Ruhm anknüpfen, indem ich Kreide kaute und auf Tonpapier nieste, aber mir war bald zum Kotzen. Aufs Kleid der Erzieherin.

Mein Dad nannte das meine Jackson-Pollock-Phase.

In der Schule wusste nie einer, meine Kunst zu schätzen. Aber gestern hat mein Lehrer, Mr McPhee, endlich offen zugegeben, dass ich ein wahrer Künstler bin!

Hör endlich auf,
dich als Künstler zu betätigen!
4–

Den Kommentar hat er unter meine Hausaufgabe gekritzelt.

Wir sollten was zur Überbevölkerung und deren Auswirkungen auf unseren Planeten schreiben.

Bei mir sah das so aus:

McPhee meinte, ich hätte eigentlich zweihundert Wörter schreiben sollen. Daraufhin habe ich ihm erklärt, dass ein Bild mehr sagt als tausend Worte, weshalb ich mir Extrapunkte verdient hätte. Aber in Mathe ist er offenbar eine Niete. Und von Kunst versteht er nicht die Bohne. Ich kann von Glück sagen, dass ich nicht meinen ersten Entwurf abgegeben habe.

Mein Dad meint, jemand, der nichts von Kunst versteht, ist ein *Dämlack*. Jetzt ist Dämlack mein Lieblingswort. McPhee ist ein Dämlack. Er ist der ehrenwerte Kaiser, König, Großherzog und Premierminister aller Dämlacke. Alles Kreative ist ihm fremd und einen genialen Künstler wie mich versteht er schon gleich dreimal nicht.

Wie alle guten Künstler habe ich ein Auge fürs Detail. Ein *außergewöhnlich* gutes Auge fürs Detail. Mir fallen Sachen auf, die sieht sonst keiner.

Gerade jetzt zum Beispiel passiert da was ganz Ulkiges und nur ich kriege das mit.

Meine Katze will mein Gesicht auffressen.

KAPITEL 2

Ein erster Einblick

Jerome und ich sind gute Kumpel. Warum also will er mir auf einmal das Gesicht abkauen?

1.) Er hat Tollwut.
2.) Ich bin tot
    und er nagt
    mein Gerippe ab.
3.) Ich schmecke zu köstlich.
4.) Alles Genannte.

Es gibt noch eine andere Möglichkeit: Er hält mich für Katzenfutter. Vorhin hab ich ein Thunfischsandwich vertilgt, deshalb rieche ich wie sein Fressen. Außerdem bewege ich mich nicht, noch was, das ich mit Katzenfutter gemeinsam hab.

Also rühre ich mich, damit Jerome seinen Irrtum bemerkt, aber wie es aussieht, ist es ihm viel zu peinlich, sich seinen Fehler einzugestehen. Deshalb schleckt er unbeirrt weiter. Mit dieser Zunge, die sich anfühlt wie Schmirgelpapier.

Ich denke nicht, dass Jerome je einen ganzen Menschen verspeist hat, aber zuzutrauen wäre es ihm. Er ist ein knallharter Typ, und im Grunde bin ich der Einzige, mit dem er auskommt.

Ich kann ihn jederzeit auf den Arm nehmen, versucht es aber jemand anders, ist die Kacke am Dampfen.

Frag mal meinen Dad.

War halb so wild, zumindest fand das meine Mom. Dabei flippt sie schon beim kleinsten Kratzer aus.

Auch als meine Schwester sich den Zeh stieß, griff sie zu völlig übertriebenen Maßnahmen.

Und gleiches Spiel, als ich mal Kopfweh hatte.

Mein Dad ist dafür meistens total entspannt. Und er ist kein Mann großer Worte, es sei denn, es geht um Oldies.[1]

Irgendwie konnte er Mom dann doch dazu überreden, dass ich Jerome behalten durfte. Und das war schon ein Ding, weil meine Mom eigentlich immer ziemlich ängstlich und vorsichtig ist.

Wenn es nach ihr ginge, hätte ich noch Stützräder am Fahrrad.

Ja, schon gut, das ist ein Springstock, aber Fahrräder zeichnen kann ich nicht. Das ist echt eine harte Nuss, deswegen male ich stattdessen immer Springstöcke.

Und wo wir schon von harten Nüssen sprechen, hier kommt meine Schwester.

1 Dann hört er nicht mehr auf zu quasseln.

KAPITEL 3

Platz da!

Meine Schwester heißt Erica. Es sei denn, sie besteht auf

Erika

oder Ericka

oder Ericca

oder Eriquahh.

Sie schreibt ihren Namen immer wieder anders, das wechselt so oft wie ihre Launen. Normalerweise rate ich einfach.

Kaum kommt Erickka ins Zimmer gestürmt, ist mir sonnenklar, dass sie nur nerven will. Aber das soll sie mal versuchen. Diesmal nicht. Da kann sie sagen, was sie will.

»Ben«, ruft mein Dad von der Küche aus. »Hör auf, mit der Katze rumzuschmusen.«

»WAS?!«, brülle ich. »Mach ich doch gar nicht …«

»Mit der Katze zu knutschen ist echt krank«, sagt meine Schwester. »Übst du so für deine Freundin, oder was?«

»Analie ist NICHT meine Freundin!«

Errikah grinst. »Interessant. Ich hab doch keinen Ton von Analie gesagt.«

Urks! Sie hat mich reingelegt!

»Ich hoffe, Analie steht auf Jungs mit Katzenhaaren überall«, fügt sie spitz hinzu.

Das hoffe ich auch, denke ich insgeheim.

»Heute darf ich fernsehen«, verkündet Eriicca. »DAD! BEN BELAGERT DEN FERNSEHER!«

»Hör auf, den Fernseher für dich zu beanspruchen, Ben«, sagt mein Dad. »Komm her, dann unterhalten wir uns über Musik.«

»Aber ich guck mir doch einen Film über Aliens an!«

»Jetzt nicht mehr, du Nulpe«, sagt Errrica, während sie sich aufs Sofa plumpsen lässt und anfängt durch die Kanäle zu zappen.

Okay, mir reicht's.

»IGITT!«, kreischt Ericcah. »DAD! BEN IST EKLIG!«

»Ben, hör auf, deine Schwester zu ärgern.«

Blitzschnell bin ich in der Küche, um was zu meiner Verteidigung vorzubringen.

»DAD! Eriickaa hat gerade …«

»Ben, ist das Lippenstift, was du da im Gesicht hast?«

»Was?«

»Du bist ganz rot um den Mund herum.«

»Na, weil Jerome mich abgeknutscht, äh … ich meine, abgeschleckt hat!«

»Wenn du auf Lippenstift stehst, kein Problem, aber du solltest besser nicht mit der Katze schmusen.«

Ehe ich etwas erwidern kann, steht meine Mom in der Tür, sie kommt eben von einer Geschäftsreise zurück.

»WAS HÖRE ICH DA? BEN SCHMIERT LIPPENSTIFT AUF EINE RATTE?«

Ich schnaufe tief durch.

Wenn ich mir Sätze überlege, von denen ich nie gedacht hätte, dass ich sie jemals laut aussprechen würde, steht der auf jeden Fall ganz weit oben auf meiner Liste.

Hier noch ein paar andere krasse Beispiele:

- Ich schmiere GERN Lippenstift auf Ratten.
- Lasst uns an einem Affenarsch schnuppern.
- Meine Schwester ist der reinste Sonnenschein.

»Schrei hier nicht so rum, Ben«, sagt meine Mom. »Hast du dein Zimmer schon aufgeräumt?«

»Und ob, das ist BLITZSAUBER!«, versichere ich ihr, während ich schon nach oben flitze in meine blitzsaubere[2] Bude.

2 Wie gesagt, kein Blitz zu sehen. Also sauber. Blitzsauber.

Ich bin jetzt total aufgewühlt, weshalb ich mir etwas Ruhe gönne und mich auf meinen Sitzsack plumpsen lasse. Den Sitzsack der Einsamkeit. Hier entspanne ich mich immer.

Herrlich, diese Stille.

Ist nicht immer leicht, wenn einen keiner versteht.

Doch mein Zen wird schon bald gestört durch ein knisterndes Geräusch. Ich blicke mich um und sehe, wie Jerome einen lila Papierfetzen aus meinem Rucksack zerrt.

Ich rette den Zettel vor seinen scharfen Krallen und entdecke eine Nachricht.

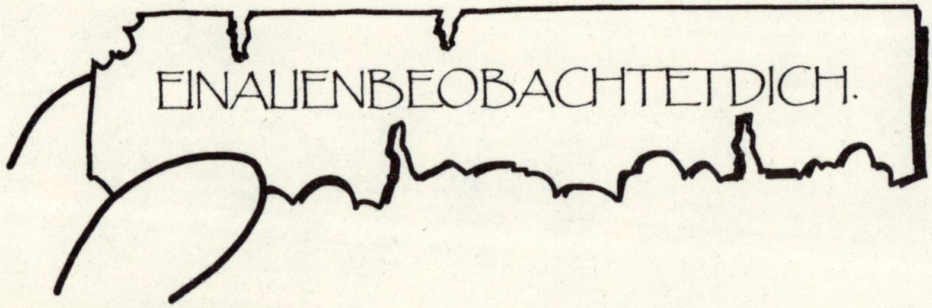

KAPITEL 4

Leben auf dem Mars?

Wow.

Die Botschaft ist angekommen, aber soll ich das ernst nehmen? Oder erlaubt sich da jemand einen Scherz mit mir? Klar bin ich ein faszinierender Typ, schon verständlich also, dass ein Alien mich beobachten will, oder nicht?

Am besten, ich hole eine zweite Meinung ein. Ich zeige den Zettel einfach jemand anderem. Jemandem, dem ich vertraue. Jemandem, der immer einen kühlen Kopf behält.

Nein, nicht *die* Sorte kühler Kopf. Ich meine jemanden, der vernünftig und klar denkt. Und ich weiß auch genau, auf wen die Beschreibung passt. Parker.

Parker ist ein echter Kumpel, auf den ist Verlass, der hat in brenzligen Situationen immer einen guten Rat parat. Ob du's glaubst oder nicht, aber nicht alle nehmen mich ernst.

»Wo willst du denn hin, Ben?«, will meine Mom wissen.

»Zu Parker, weil *murmelmurmelmurmel*«, nuschle ich und knalle auch schon die Tür hinter mir ins Schloss.

Es ist ein warmer, freundlicher Sonntagnachmittag, ich schaue hinauf in den Himmel. Kein Alien weit und breit. Doch als ich wieder geradeaus blicke, erfasse ich die Gefahr sofort!

Blitzschnell weiche ich aus.

KAPITEL 5

Jetzt wird's flauschig!

Pfirsichflaum!

Sein wirklicher Name ist Randy Eggman, aber er hat so einen leichten flaumigen Oberlippenbart, deswegen nenne ich ihn Pfirsichflaum. Natürlich nicht so, dass er das mitkriegt. Er geht schon auf die Highschool, und er triezt mich, als hätte er nichts Besseres zu tun.

Abgesehen vom Spucken.

Es ist jedes Mal ein Drama, wenn ich ihm über den Weg laufe, aber seit meiner Fahrradtour gestern fürchte ich um mein Leben!

Reglos kauere ich im Gebüsch. Einerseits, weil ich nicht will, dass Pfirsichflaum mich entdeckt und killt, andererseits, weil mich hier ganz andere Sorgen plagen.

Schluck! Es wird ja immer behauptet, Spinnen hätten viel mehr Angst vor uns als wir vor ihnen. Meine Meinung zu dem Thema ist kompliziert. (Wenn du mich fragst: Das ist doch erstunken und erlogen!)

Bin mir unschlüssig, was ich tun soll. Wer mich wohl als Erster erwischt, Pfirsichflaum oder Spinne?

Ich schnaufe durch und überlege, dass die Spinne Shermy heißen könnte.

Shermy ist ein freundlicher Name.

Irgendwie bin ich aber immer noch nervös.

Man sagt ja, bevor man stirbt, sieht man sein Leben an sich vorüberziehen.

Aber: Da ist nichts. Das werte ich mal als ein positives Zeichen.

Während ich überlege, was ich als Nächstes tun soll, starre ich auf dieses gigantische Netz, bis mir eines klar wird: Shermy ist ein Künstler.

Vielleicht greift Shermy deswegen nicht an. Shermy spürt nämlich, dass wir etwas gemeinsam haben. Und Künstlerkollegen beißt man nicht.

Gleich geht's mir besser. Langsam glaube ich, dass ich dieses Schlamassel doch überleben könnte.

Schluck! Pfirsichflaum hat mich entdeckt!

Ich bin so was von tot.

KAPITEL 6

Roongrats dunkle Seite

Momentchen, diese weinerliche Stimme kenne ich doch. Die gehört Roongrat Mitten. Und das heißt: Die Luft ist rein! Ich bin eben doch schlauer als Pfirsichflaum!

Jetzt muss ich nur noch Roongrat loswerden. Er ist harmlos, nervt nur ein wenig. Roongrat ist voll der Besserwisser und zufällig einer meiner besten Freunde. Warum ich mit ihm befreundet bin, obwohl er nervt? Das frage ich mich auch dauernd.

»Verstecken? Ich? Tu ich doch gar nicht«, schwindle ich. »Ich guck mir nur das krass coole Spinnennetz hier an.« Ich deute mit dem Finger darauf.

Roongrat vernichtet es mit einem Fußtritt.

Ich springe auf und sehe ihn mit diesem Blick an, so von wegen, warum tust du das, du Dämlack?

Roongrat scheint das nicht zu checken, deshalb spreche ich es doch aus: »Warum tust du das, du Dämlack?«

»Spinnen brauchen das, dass sie immer wieder neu anfangen mit ihrem Netz«, behauptet Roongrat. »Sonst staut sich der Faden in ihnen an, bis ihr Popo platzt. Das ist Fakt. Hab dem Vieh bloß einen Gefallen getan.«

Er sagt so was immer aus voller Überzeugung, sodass man ihm fast glaubt. Aber nur fast.

»Meine Mom hat gesagt, du hast bald Geburtstag«, meint er und wechselt damit das Thema. »Was für einen Kuchen wünschst du dir denn?«

»Weiß nicht.« Aber KLAR weiß ich es. Schokolade, logo. Ich will's ihm bloß nicht verraten.

»Nimm Schokolade. Ich mag Schokolade.«

Jetzt will *ich* aber keine Schokolade mehr.

»Schokolade ist gut fürs Hirn«, sagt er. »Ist Fakt. Die ganzen Genies haben sich von Schokokuchen ernährt … Einstein, Sherlock Holmes, Stephen Hawking …«

Roongrat hält mitten im Satz inne, wie zu Stein erstarrt.

Vielleicht hatte er nicht genug Schokokuchen, jetzt kommt sein Hirn ins Stocken.

Da erst merke ich, dass er panisch auf sein Bein schielt.

Von einer Sekunde zur nächsten steht er nicht mehr da wie zur Salzsäule erstarrt. Eher das Gegenteil.

SO TANZT MAN DEN »ROONGRAT«.

Ist ja ganz unterhaltsam, aber trotzdem tut er mir leid. Shermy, meine ich.

Roongrat landet auf dem Po, kämpft sich aus seiner Hose und rennt weg.

Irgendwann erfinden die schon was, womit man Gesehenes wieder aus dem Kopf löschen kann. Bis dahin muss ich wohl mit diesem Bild leben, eingebrannt in meine Retina. Vielleicht brauch ich einen Therapeuten.

Wie gut, dass ich ohnehin zu Parker muss.

KAPITEL 7

Psychokram

Parker Fedora reißt die Tür auf, bevor ich klopfen kann.

»Hi, Ben!«

Übrigens ist Parker *nicht* meine Freundin. Sie ist nur *so* eine Freundin, die ich schon seit dem Kindergarten kenne. Und nur *rein zufällig* ein Mädchen. Ich vertraue ihren Instinkten. Sie lässt mich die Dinge immer in einem ganz neuen Licht sehen.

DINGE, DIE ICH VON PARKER GELERNT HABE
KOMM, HIER GEHT'S RAUF!
IM SAND KANN MAN EKLIGE DINGE VERGRABEN ...
F G H I J K L
SAFT IST SPITZE - ALS SPRITZPISTOLE!

»Ich hab eben Roongrat in Unterwäsche gesehen.«

»Du hast *was*?«, meint Parker entsetzt.

»Aber deswegen bin ich nicht hier. Ich muss dir was zeigen.«

»Oooh, hast du mir einen Liebesbrief geschrieben?«

»Der Zettel ist nicht von mir«, erkläre ich. »Meine Katze hat ihn in meinem Rucksack gefunden. Ich hab ihn hier irgendwo.« Hastig durchsuche ich meine Taschen, kann das Ding aber nirgends finden.

»Vielleicht hab ich ihn verloren.«

»Was stand denn auf dem Zettel?«

»Da stand drauf, dass ein Alien …«

»Ben, warum legst du dich nicht erst mal hin?«

So geht das dauernd. Parker will Psychologin werden und komischerweise bin ich ihr liebstes Versuchsobjekt.

Parker setzt sich auf einen Sessel, während ich mich auf die Couch lege.

Sie findet, ich bin der beste Patient, den sich ein Psychologe nur wünschen kann.

»Danke für die Blumen«, sage ich.

»Wir müssen bloß schnell machen, weil mein Dad nämlich eine neue Regel eingeführt hat: kein Jungsbesuch, wenn er nicht daheim ist. Sonst …«

»Sonst was?«

»Sonst macht er Kleinholz aus dir.«

»Oh. Das hat er aber metaphorisch gemeint, oder?«

»Kann sein, aber sicher bin ich mir da nicht. Egal, fangen wir an.«

»Aber …«

»Die Uhr tickt, Ben. Erzähl mir von dem Zettel.«

»Da steht drauf, dass mich ein Alien beobachtet.«

»Wie außergewöhnlich!«, ruft Parker begeistert. »Und diesen Zettel gibt's wirklich? Sicher?«

»Absolut.«

»Hm, hast du dir in letzter Zeit zufällig irgendwelche Alienfilme reingezogen?«

»Ja, schon, aber ich wüsste nicht, was das damit zu tun …«

»Weißt du nicht mehr, wie du diese ganzen Zombiefilme geschaut hast? Da dachtest du doch auch, die Tauben draußen vor dem Haus wären Zombies?«

»Und was willst du damit andeuten?«

»Na, du bist damals mit einem Megafon von Haus zu Haus gerannt, um die Nachbarn zu warnen!«

»Das stimmt! Es wollte ja keiner auf mich hören. Zum Glück hat der Lärm die Tauben verscheucht. Und falls es dir entgangen sein sollte, bei uns im Viertel gibt es seitdem genau *null* Zombies.«

»Da ist was dran«, gibt Parker zu. »Aber deine Eltern haben sich große Sorgen um dich gemacht.«

»Ach, du weißt doch, wie Eltern sind. Machen sich dauernd wegen nichts Sorgen.«

»Auch wieder wahr. Ein paar von den Kids haben dich allerdings aufgezogen deswegen.«

»Den meisten fällt doch gar nicht auf, was ich tue.«

»Stimmt. Hast du noch jemandem von dieser, äh, Botschaft erzählt?«

»Bin damit als Erstes zu dir, Parker.«

»Gut gemacht. Mein Rat ist, tu, was immer du willst, aber erzähle niemand anderem etwas davon.«

»Warum nicht? Das ist das Krasseste, was mir seit Langem passiert ist!«

»Überleg doch mal, dann kommst du sicher von selbst drauf.«

Ich schätze, genau so arbeiten Psychologen. Immer soll man von allein auf alles kommen.

Parker zwinkert mir zu und sagt: »Das macht dann fünfhundert Mäuse, bitte.«

»Schreiben Sie's mir an«, entgegne ich, als ich schon aufstehe, um zu gehen.

»Ach, noch was«, sagt Parker, die mich zur Tür begleitet. »Wer, denkst du, hat den Zettel geschrieben?«

»Keinen blassen Dunst«, sage ich.

Parkers Gesicht wird auf einmal kreidebleich. »Oh nein! Mein Dad ist in der Einfahrt! Der verarbeitet dich zu Kleinholz!«

»Ich will aber nicht, dass er ein menschliches Möbelstück aus mir macht!«

Schnell renne ich zur Haustür, doch Parker reißt mich zurück. »Da sieht er dich doch! Klettere zum Fenster raus!«

»Guter Plan!« Ich düse also zum Fenster und versuche, es aufzustemmen, während seine Schritte immer näher kommen.

»Das klemmt!«, rufe ich panisch.

Parker streckt die Hand aus, öffnet den Riegel und das Fenster fliegt auf. Für einen grazilen Abgang bleibt mir keine Zeit, deswegen stürze ich mich kopfüber raus.

Wenigstens lande ich weich.

Wie sich rausstellt, war es gar nicht ihr Dad. Sondern nur der Postbote.

Ich verhalte mich ruhig, bis er wieder gegangen ist, nur zur Sicherheit. Dabei fällt mein Blick auf ein noch gänzlich unberührtes, abgepacktes kleines Cremetörtchen, das jemand weggeworfen hat. Und im nächsten Moment bemerke ich, dass mich jemand über den Rasen hinweg beobachtet.

Es ist Analie, das Mädchen, von dem meine Schwester denkt, ich würde auf sie stehen! Ich spiele den Obercoolen, bin mir aber nicht sicher, ob man mir das abnimmt.

KAPITEL 8

Viel zu verdauen

Analie ist neu an unserer Schule. Sie trägt immer Lila und sitzt ganz hinten in der Klasse, wo keiner sie bemerkt.

Immer, wenn mir was Peinliches passiert, kriegt sie das mit.

Meine Schwester denkt, ich bin verrückt nach Analie, nur weil sie eine total harmlose Zeichnung von mir gefunden hat.

Ericaaa hat sich eingebildet, das wären Herzchen über meinem Kopf, aber auf so was kann auch nur ein Trottel wie sie kommen. Ist doch klar, dass das ein Schwarm blutdürstiger Mücken ist, der mich attackiert.

»Was ist das für ein Gestank?«, fragt mein Dad, kaum bin ich zur Tür rein.

»Vielleicht Erriccka«, sage ich und renne die Treppe hoch. Ich dusche lange und ausgiebig, um den üblen Mief loszuwerden.

Leider lässt sich so was wie Scham aber nicht abwaschen.

Ich lasse mich auf meinen Sitzsack der Einsamkeit sinken und versuche zu relaxen.

Während die Anspannung von mir abfällt, sehe ich, wie etwas zwischen den Falten im Sitzsack hervorlugt.

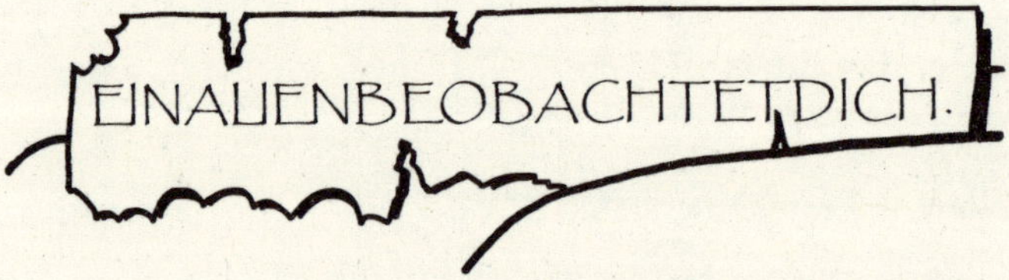

Der Zettel! Ich habe ihn wiedergefunden! Aber Parker meinte ja, ich solle niemandem davon erzählen. Denkt sie denn, ich habe das alles bloß erfunden? Tsss.

Ich strecke die Hand nach dem Zettel aus, aber auf einmal ist er weg! Hat sich einfach in Luft aufgelöst!

Nein, Augenblick!

Jerome! War ja klar. Unser Kater hat eine komische Vorstellung von dem, was man fressen kann.

Der Zettel ist weg, aber ist schon okay. Ich weiß auswendig, was draufsteht.

Nein, Quatsch. Konzentrier dich, Ben!

Das war's!

Doch bevor ich rausfinde, wer dieses Alien ist, muss ich noch eins klären.

Gibt es Aliens wirklich?

KAPITEL 9

Der Plan

Mich zu konzentrieren, fällt mir megaschwer, weil in meinem Kopf ein solches Chaos herrscht.

Wenn ich irgendwas geregelt kriegen will, muss ich da Ordnung reinbringen. Meine Mom erstellt dazu immer Listen. Sie ist besessen vom Listenschreiben.

Hier ein Beispiel:

Meine Listen

— Einkaufszettel
— offene Rechnungen
— Besorgungsliste für Partydeko
— Gästeliste
— Checkliste für Geschäftsreisen

Ja, genau. Das ist eine Auflistung all ihrer Listen.

Ich gebe es ja ungern zu, aber meine Mom hat schon recht. Das Listenschreiben hat mir wirklich geholfen, mich besser zu organisieren.

Heute Abend stelle ich eine Liste mit meinen Zielen auf.

BENS ZIELE

- RAUSFINDEN, OB ES ALIENS WIRKLICH GIBT
- HAUSAUFGABEN ERLEDIGEN
- ALS KÜNSTLER ERFOLGREICH SEIN!
- NEUEN HIGH SCORE BEIM KUNSTRAUBSPIEL ERREICHEN
- EINEN GANZEN SATZ MIT ANALIE REDEN
- MIR DIE NASE KRATZEN, WEIL SIE JUCKT

Meine Mom sagt immer, man soll unbedingt eine einfache Sache auf der Liste haben, die man sofort abhaken kann. Das motiviert, weil man sich voll produktiv fühlt.

Also fange ich mit den simplen Dingen an.

Kunstraub ist mein Lieblings-Videospiel. Da bricht man in Museen ein, klaut Gemälde von den Wänden und ersetzt sie durch Fälschungen. Die Fälschungen malt man selbst, mit dem Controller. Ungefähr so:

Zugegeben, nicht gerade ein Meisterwerk, aber auf Level 1 muss man nur die Wachleute austricksen, das ist nicht so schwer. Die sind die totalen Vollpfosten.

Ich bin der Oberchecker bei dem Spiel! Schnell schnappe ich mir einen Stift.

Dann gehen wir mal die harten Nüsse an. Hausaufgaben zum Beispiel. McPhee will, dass wir einen Aufsatz über unseren Lieblingspräsidenten schreiben. Ich mag Washington und Lincoln, soll mich aber für einen entscheiden.

Also wähle ich Lincoln.

Ich brüte den ganzen Abend über diesem Aufsatz, und als ich endlich fertig bin, ist er ein wahrer Geniestreich. Selbst ein Dämlack wie McPhee muss ihn super finden.

ABRAHAM LINCOLN
von Ben Black
ABRAHAM LINCOLN, 16. US-PRÄSIDENT, TRUG 'NEN VOLLBART.
KEINEN SCHNAUZER!
WARUM?
DER BEKÄMPFTE DAS VERBRECHEN!
EI DER DAUS! DA IST LINCOLNS SCHNAUZER!
POFF!
NIMM DAS, ROHLING!

DU SOLLST DEIN LEBTAG IM KERKER FRISTEN!
ICH DENKE NICHT!
DU LIEBE GÜTE! EIN RASIERER!
WIE ENTKOMMT LINCOLNS SCHNAUZER DIESER HAARIGEN SITUATION?
ERFAHREN SIE MEHR ÜBER »LINCOLNS SCHNAUZER«
IN EINER DER NÄCHSTEN HAUSARBEITEN!

~~- HAUSAUFGABEN ERLEDIGEN~~

Schon zwei Punkte abgehakt. Läuft wie geschmiert! Und jetzt?

- ALS KÜNSTLER ERFOLGREICH SEIN!

Das eignet sich besser als längerfristiges Ziel.

- EINEN GANZEN SATZ MIT ANALIE REDEN

Mal ehrlich, das passiert doch nie im Leben.

Das erledige ich gleich morgen. Hab auch schon einen Plan.

- RAUSFINDEN, OB ES ALIENS WIRKLICH GIBT

Eine Sache packe ich aber noch vor dem Zubettgehen an.

~~– MIR DIE NASE KRATZEN, WEIL SIE JUCKT~~

KAPITEL 10

Beknackter Montag

»Du bist immer voller Katzenhaare«, sagt Roongrat auf dem Weg zur Schule.

»Ist nun mal mein Look«, entgegne ich. Ein eher spontaner Entschluss, den ich eben erst gefasst habe. Alle großen Künstler haben schließlich ihren eigenen, unverwechselbaren Kleidungsstil.

(Schon getestet. Die Nachbarn haben mich leider für einen entflohenen Sträfling gehalten.)

(Auch schon versucht. Meine Mom musste den ganzen Tag schrubben, um den Edding abzukriegen.)

(Ebenfalls ausprobiert. Nur ein Spaß. Ich hasse es schon, die Fingernägel zu schneiden.)

»Katzenhaare sind aber ein komischer Look«, verkündet Roongrat.

»Komischer als Spiderman-Unterhosen?«, kontere ich.

»Ich … aber … da hatte eine tödliche Spinne auf mir gesessen und …«

»Roongrat«, falle ich ihm ins Wort. »Glaubst du an Aliens?«

Er scheint froh zu sein über diesen Themenwechsel.

»Sehr interessante Frage. Aliens gibt es nicht«, antwortet er. »Das ist Fakt. Die Erde ist der einzige Planet in unserer Galaxie, auf dem Leben auf Kohlenstoffbasis möglich ist. Warum?«

»Ach, nur so.«

Ich krame in meinem Rucksack und hole meine Liste heraus. Die muss unbedingt aktualisiert werden.

~~- RAUSFINDEN, OB ES ALIENS WIRKLICH GIBT~~

Was auch immer Roongrat denkt, ich denke grundsätzlich das Gegenteil.

Also glaube ich von jetzt an fest an die Existenz von Aliens.

Wir gehen zur Schule, jeder mit seinen eigenen Gedanken beschäftigt.

KAPITEL 11

Ich glaube!

Roongrat setzt sich an sein Pult, aber ich zögere noch. Ob wohl irgendeiner hier im Raum ein Alien ist?

Es läutet zur ersten Stunde, also haste ich an meinen Platz. Während ich mich setze, bricht der Bleistift in meiner Hosentasche und bohrt sich in meine Hüfte. Vor Schmerz krümme ich mich vornüber und mache seltsame Geräusche.

Zum Glück war die Schulglocke noch nicht verhallt, deshalb hat das keiner mitgekriegt. Zumindest fast keiner.

Ganz vorne sitzt unser Lehrer, Mr McPhee.

McPhee erinnert mich an eine schlafende Schildkröte, nur noch etwas langweiliger.

Doch heute ist mein Glückstag. Mein Lincoln-Aufsatz bringt bestimmt ein bisschen Farbe in sein ultraödes Dämlackleben.

Ich gebe meine Hausaufgabe ab, bin mir aber nicht sicher, wie ich seinen Gesichtsausdruck deuten soll, als er sie sich ansieht. Vermutlich hat er was Falsches gegessen.

»Ben, würdest du nach dem Unterricht bitte zu mir kommen?«

Warum will McPhee mich denn bitte nach dem Unterricht sehen? Wetten, dass er sich die Rechte an meinem Lincoln-Aufsatz sichern will! Und dann behauptet er, er hätte das selbst geschrieben, und verkauft ihn für Millionen von Dollar an einen Hollywood-Produzenten und wird reich und berühmt, dafür, dass ich geschuftet habe!

Nicht cool, McPhee! Echt nicht cool!

Wie's aussieht, will McPhee es auf die harte Tour.

»Du musst diesen Aufsatz noch einmal schreiben«, erklärt er mir nach der Schule. »Der basiert nicht auf Fakten.«

»Aber das nennt sich kreatives Schreiben«, kontere ich.

»Wir sind hier nicht im Kurs für kreatives Schreiben«, beendet er die Diskussion. »Gib bis heute Abend einen anständigen Aufsatz ab, sonst bekommst du eine schlechte Note.«

Das glaub ich ja jetzt nicht!

»Und Ben«, schickt er noch hinterher, »halte dich an die Tatsachen.«

Aber ich hab mich doch an die Tatsachen gehalten! Hab mir nur ein bisschen künstlerische Freiheit erlaubt.[3]

 3 Künstlerische Freiheit = alles erstunken und erlogen

KAPITEL 12

Nicht öffnen!

Nach dem Unterricht bin ich nicht gern in der Schule.[4] Es fühlt sich einfach nicht richtig an. Außerdem habe ich Besseres zu tun.

»Hey, Mr Dämlack McPhee, wie soll ich denn den Aufsatz neu schreiben, wenn der Klassencomputer nicht funktioniert?« Genau diese Frage hätte ich nun gestellt, hätte McPhee nicht gerade das Klassenzimmer verlassen.

Also habe ich ein Problem und das gilt es zu lösen.

4 Okay, ich geb's zu, auch während der Unterrichtszeit nicht.

Ich sehe mich im Raum um und stelle fest, dass McPhees PC unbeaufsichtigt auf seinem Pult steht.

Vielleicht war ihm ja bewusst, dass der Klassencomputer hinüber ist, und deshalb hat er sein Laptop für mich dagelassen. Vielleicht will er ja, dass ich die Initiative ergreife. Ja, genau, so muss es sein.

Ich lasse mich also auf das Angebot ein und setze mich an seinen Platz. Der Stuhl ist immer noch warm.

Igitt. Da stehe ich lieber.

Als Erstes fällt mir auf, dass sein Bildschirmhintergrund unser Sonnensystem darstellt. Interessant. Da kommen Aliens doch her, ganz bestimmt.

Und während ich mich eingehender mit seinem Computer beschäftige, sticht mir plötzlich eine Datei ins Auge.

Hmm.

Ich erinnere mich noch gut an das letzte Mal, als ich etwas aufgemacht habe, auf dem NICHT ÖFFNEN! stand.

Das ging ziemlich in die Hose.

Ich weiß also genau, dass es keine gute Idee ist, etwas zu öffnen, auf dem NICHT ÖFFNEN! steht.

Trotzdem mache ich die Datei auf.

Upsi! McPhee hat sich von hinten angeschlichen! Für eine Schildkröte im Tiefschlaf ist er aber ganz schön schnell!

»Iii… waaa… wiii…« Er klingt genau wie ich, wenn ich versuche, mit Analie zu reden.

»WAS HAST DU GESEHEN, BEN?!«

»Gar nichts«, flunkere ich.

»Was hast du an meinem Computer zu suchen?! Nach Hause mit dir! Du bekommst Note ausreichend und ich werde mich an deine Eltern wenden!«

So habe ich ihn ja noch nie erlebt. Die schlafende Schildkröte ist zu einer Schnappschildkröte mutiert!

Während ich meine Sachen packe, um zu verschwinden, ist mir eins sonnenklar: McPhee hat was zu verbergen.

Ich hab zwar behauptet, ich hätte nichts gesehen, aber ein Wort konnte ich doch lesen.

Auslöschung

Das geht mir nicht mehr aus dem Kopf. Wieder daheim, frage ich meinen Dad nach seiner Meinung.

»Dad, woran denkst du, wenn du das Wort *Auslöschung* hörst?«

»Toller Name für eine Rockband«, sagt er. »Als ich noch jünger war, hatten Rockbands die tollsten Namen. Zum Beispiel …«

Würg! Mein Dad fängt schon wieder mit seinen Oldies an!

»Aufhören, Dad! Ich wollte eine knappe Antwort, nur ein Wort!«

»Ein Wort. Gibt es ein paar Optionen zur Auswahl?«

»Na schön«, erkläre ich seufzend. »Woran denkst du bei dem Wort *Auslöschungen?* An Aliens, Bongotrommeln oder Chinakohl?«

»Dann entscheide ich mich für Aliens«, antwortet er.

Aliens! Genau wie ich dachte!

KAPITEL 13

Was gibt's Neues?

Später treffe ich mich mit Parker auf dem Spielplatz. Hier waren wir früher öfter zum Spielen, aber neuerdings hängen wir nur noch auf der Schaukel rum und unterhalten uns.

»Ich glaube, ich weiß jetzt, wer dieses Alien ist«, erzähle ich ihr.

»Alien?«

»Das Alien von dem Zettel«, rufe ich ihr ins Gedächtnis.

»Ach so, klar.« Sie nickt. »Leg dich doch bitte hin, Ben.«

»Also, Ben, dann erzähl mal. Wer, denkst du, ist …«

»McPhee.«

»Diese Trantüte von einem Lehrer soll ein Alien sein?«

»Ich bin mir zu achtundsechzig Prozent sicher.«

»Wie das?«

»Ist doch logisch. Auf dem Zettel steht, ein Alien beobachtet mich. McPhee hat doch ständig ein Auge auf mich.«

»Ist der Zettel denn wieder aufgetaucht?«

»Ja, aber dann hat die Katze ihn aufgefressen.«

»Verstehe.«

»Ich war außerdem heimlich an McPhees Computer«, gestehe ich ihr.

»Ist nicht wahr!« Parker wirkt schwer beeindruckt.

»Ich hab zufällig das Wort *Auslöschung* gelesen. Aliens stehen doch auf dieses Wort.«

»Dein Gehirn ist wahrlich ein wundersamer Ort, Ben.«

»Danke schön.«

»Hast du deinen Verdacht noch jemand anderem gegenüber geäußert?«

»Noch nicht, aber …«

Als Roongrat aufkreuzt, wechsle ich flugs das Thema. Ich erwähne nur, dass McPhee mein Lincoln-Aufsatz *gar nicht* gefallen hat und er meine Eltern anrufen will.

»Nächstes Mal lässt du dir von Simon besser zeigen, wie man so was zeichnet«, sagt Roongrat.

»Nächstes Mal lässt du dir von Simon besser zeigen, wie man einen Affen laust!«, entgegne ich.

Ich wünschte, ich hätte mehr Zeit gehabt, um mir eine passendere Retourkutsche zu überlegen.

Roongrat hält Simon Cardigan für den genialsten Künstler an unserer Schule. Offenbar finden das alle, dabei ist Simon der totale Dämlack. Hat nicht das geringste bisschen Kreativität in sich!

Er kann nur *eine* einzige Figur zeichnen. Es ist eine berühmte Zeichentrickfigur, deswegen wollen wir sie aus rechtlichen Gründen einfach KorallenBobNesselkopf[5] nennen.

Die Figur zeichnet er schamlos nach, ständig, vor allem den Mädels auf die Schulhefte. Parker hat auch so einen KorallenBob auf ihrem Heft.

 5 So heißt die Figur natürlich nicht. Den echten Namen kennst du bestimmt.

Roongrat hat ungefähr zwanzig. Ich werde das Gefühl nicht los, dass Roongrat sich ein paar Punkte auf der Beliebtheitsskala dazuverdienen will, indem er sich an Simon ranwanzt.

Immer wenn ich was von Simon höre, regt mich das total auf, also fange ich an zu schaukeln.

Parker macht daraus einen Wettkampf und schaukelt immer höher. Dabei tritt sie Roongrat in den Hintern.

Am Boden liegend, meint Roongrat: »Das Schaukeln haben die alten Ägypter erfunden. So bewegt sich die Nahrung vom Magen in die Gedärme, damit man Platz hat für den Nachtisch. Ist Fakt.«

»Das mach mir mal nach!«, jubelt Parker, während sie gefährlich hoch schaukelt.

»BÜÄÄÄÄÄH!«, entgegne ich.

Weil mir nämlich eine Fliege in die Nase geflogen ist!

Keine Ahnung, ob du schon mal ein summendes Insekt im

Nasenloch hattest, aber plötzlich kann man an nichts anderes mehr denken.

Ich springe in hohem Bogen von der Schaukel und renne wie belämmert im Kreis. Dabei versuche ich, das Vieh rauszublasen. Parker findet das irre komisch.

Roongrat dagegen macht alles nur noch schlimmer. »Es ist Fakt, dass bestimmte Insekten die Nase hochkrabbeln und im Gehirn Eier ablegen.«

Danke, Roongrat!

Als das mit dem Rauspusten nichts hilft, probiere ich es anders. Ich bohre rein!

»DIE IST MEGAGROSS!«, jammere ich. »ICH HAB SIE GLEICH!«

In diesem Moment begegnet mein Blick dem von jemandem auf der anderen Straßenseite.

Ich muss niesen und die Fliege kommt rausgeschossen. Das traumatisierte Insekt braucht einen Moment, um sich zu erholen, dann schwirrt es ab nach Hause.

Und der traumatisierte Ben tut das Gleiche.

KAPITEL 14

Der Hinterhalt

Gerade, als ich zur Haustür reinkomme, klingelt das Telefon. Schnell renne ich rüber und gucke nach, was auf dem Display steht.

McPHEE

Panisch überlege ich und melde mich dann mit meinem besten indischen Akzent. »Hällo, Mista! Falschä Numma!« Dann lege ich auf. Das verschafft mir ein wenig Aufschub!

Wieder klingelt das Telefon, und jetzt schnappt meine Mom es sich schon, bevor das erste Klingeln verhallt ist.

»Oh, hi, Mr McPhee …«

Gnks! Meine einzige Hoffnung ist, dass es sich um einen ganz anderen Mr McPhee handelt. Ich meine, wie hoch ist denn die Wahrscheinlichkeit, dass es *mein* Mr McPhee ist? Es gibt doch bestimmt Dutzende andere! Hunderte! Zillionen!

Doch der Gesichtsausdruck meiner Mom spricht Bände. Von allen McPhees der Welt ruft ausgerechnet der an, den ich am wenigsten gebrauchen kann.

Oder sie hat was Falsches gegessen.

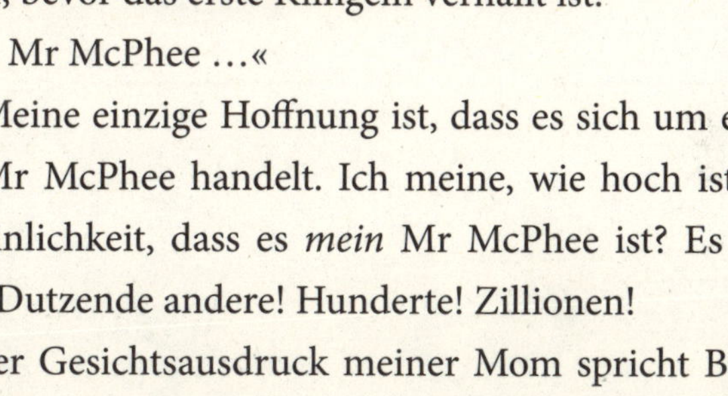

Ich gehe raus, weil ich von dem Gespräch nichts mitbekommen will.

Drüben beim Gestrüpp, wo Roongrat sich fast in die Hosen gemacht hat, sehe ich, dass Shermy, die Spinne, sich bereits ein neues Netz gewebt hat. Ihr ist eine Fliege in die Falle gegangen.

Ob das wohl die Fliege ist, mit der ich vorhin näher Bekanntschaft geschlossen habe?

Auf einmal fliege ich Gesicht voraus ins Gebüsch. Ich muss gar nicht nachsehen, wer das war. Das weiß ich auch so.

»Pass uff, Schlaumeier!«

Pfirsichflaum nennt mich grundsätzlich Schlaumeier. Sehr witzig. Ich stehe auf und klopfe mir den Dreck von den Klamotten.

»Ich schuld dir wat«, meint Pfirsichflaum, während er mir die Faust hinhält. Hoffentlich macht er sie gleich auf, und dann liegt da das Geld fürs Pausenbrot, das er mir all die Jahre abgeknöpft hat. Aber ich bezweifle es. Ich hebe die Fäuste und gehe in Verteidigungshaltung.

Pfirsichflaum scheint es darauf doch tatsächlich mit der Angst zu tun zu kriegen und weicht ein Stück zurück. Ha! Er hat wohl nicht damit gerechnet, dass ich mich verteidige! Er ist also doch nicht so hart, wie er immer tut. Ich werde mutiger und mache einen Schritt auf ihn zu. Um ein Haar wäre er über seine eigenen Füße gestolpert, weil er sich vor mir in Sicherheit bringen will!

Aus dem Augenwinkel nehme ich eine leichte Bewegung wahr. Ich senke den Blick und mit einem Mal ergibt alles Sinn.

Mich packt das blanke Grauen. Mir entgeht nicht, dass Pfirsichflaum ebenfalls Todesangst hat. Wenn ich jetzt einen kühlen Kopf bewahre, kann ich das zu meinem Vorteil nutzen.

»D-das ist meine nagelneue giftige Wolfsspinne«, sage ich und meine Stimme klingt viel höher als sonst. »Sein Name ist Shermy. Er kann fast zwei Meter weit springen. Willst du mal sehen?«

Pfirsichflaum hüpft zwei Schritte zurück. »Geh bloß wech von mir mit dem Ding.«

»K-komm schon, streichle ihn ruhig mal«, fordere ich ihn auf.

»Wir sehen uns später, Schlaumeier«, grummelt Pfirsichflaum. Damit wendet er sich ab und spuckt auf den Boden. »Und wir sehen uns ganz BESTIMMT später.«

Puh. Das war haarscharf.

Nachdem Pfirsichflaum nun weg ist, kann ich mich so benehmen, wie ich es normalerweise in einer solchen Situation tun würde.

Mein Herz hämmert wie wild, mindestens eine Million Mal pro Minute!

Aber das hab ich echt megamäßig durchgezogen. Hätte nicht besser laufen können!

Bevor ich zum Abendessen reingehe, entdecke ich drüben an der Straßenecke ein vertrautes Gesicht.

Also winke ich.

Erst da wird mir bewusst, wie das für Analie aussehen muss.

Mein T-Shirt finde ich bestimmt wieder, aber meine Würde ist ein für alle Mal flöten gegangen.

KAPITEL 15

Versteckte Botschaft

Kurz vor dem Abendessen komme ich heim. Gerade erklärt meine Mom Eriqa, wie stolz sie auf sie ist. Wie es aussieht, hat Ericcca in ihrer Prüfung eine Eins plus bekommen, beim Fußball zwei Tore geschossen und Heilmittel gegen sämtliche den Menschen bekannte Krankheiten gefunden. Ist natürlich nur ein Spaß, aber so fühlt es sich an.

Wenn Mom nichts mehr Tolles einfällt, was sie zu Errika sagen kann, richtet sie ihre Aufmerksamkeit meist auf mich. In belehrendem Tonfall weist sie mich an, meine Hausaufgaben »korrekt« zu erledigen. Sie meint, ich bliebe weit hinter den Erwartungen zurück, denn ich sei in Wirklichkeit sehr »klug«.

Als sie das hört, prustet Errickaa ihr Essen durch die Nase raus.

In letzter Zeit scheint sich so manches aus Nasen raus und in Nasen rein zu bewegen.

»Hörst du mir überhaupt zu, Ben?«

Ach ja, meine Mom redet ja immer noch.

»Total gebannt«, sage ich. Während ich ihrem Vortrag lausche, warte ich vergebens auf eine Sache. Aber sie erwähnt mit keinem Wort, dass ich McPhees Computer ausspioniert und diese »Nicht öffnen«-Datei aufgemacht habe. Offenbar hat McPhee nichts davon gesagt, als er vorhin hier anrief.

Der hat was zu verbergen, ist doch sonnenklar.

Mein Dad meint, ihm habe mein Aufsatz gefallen und dass Mr McPhee ein alter Dämlack sei.

Daraufhin entbrennt eine wilde Diskussion zwischen meiner Mom und meinem Dad. Wie es aussieht, ist Mom Siegerin.

Klammheimlich stehle ich mich davon und verziehe mich mit einer Handvoll Cracker auf mein Zimmer. Höchste Zeit, die Fremdwort-Vokabeln für den Test morgen noch mal zu überfliegen.

annihilieren
Protagonist
imminent
absurd
Prämisse
fragil
Deprivation
Termination
Extinktion
eloquent
kognitiv

Während ich mir die Definitionen noch mal anschaue, fällt mir eines auf. All diese Worte scheinen auf den ersten Blick harmlos zu sein, doch mir stechen eben Dinge ins Auge, die andere nicht sehen. Ich bin einer, dem nichts entgeht. Das kann ein richtiger Fluch sein. Wäre einfacher, wenn ich völlig unwissend wäre wie alle anderen auch und diese Dinge nicht sehen würde. Aber da ist es, für meine rastlosen Augen nicht zu übersehen.

Das sind allesamt Worte, die ein gefährliches Alien benutzen würde! Schau dir nur an, wie fließend sie sich nacheinander in einen Text einbauen lassen.

»Wir werden die Erde *annihilieren,* und jeder *Protagonist*, der die *imminente* Gefahr spürt, wird beschließen, dass die Vorstellung zu *absurd* ist. Unter der *Prämisse* dieser *fragilen* Vorstellung wird es uns möglich sein, die *Deprivation* der Menschen anzugehen und die *Termination* des Planeten Erde vorzubereiten. Niemand wird die *Extinktion* der humanen Spezies verhindern können, nicht einmal ein *eloquenter* Schüler mit ausgezeichneten *kognitiven* Fähigkeiten.«

Zufall? Glaub ich nicht. Vermutlich ist das hier das Motto der Aliens.

Ihr Alien-Manifest.

Ich versuche es anders. Und zwar sehe ich mir die Anfangsbuchstaben der Fremdwörter an: A, P, I, A, P, F, D, T, E, E, K. Und dann kommt Folgendes dabei heraus:

A-**nderem**
P-**laneten**
i-**ch**
a-**bstamme**
P-**ech**
f-**ür**
D-**ich**
T-**ermination**
E-**rde**
e-**inleiten**
k-**ann**

Wow. Und als ich das laut vorlese, erinnert es mich an die Art, wie Yoda spricht. Und was ist Yoda? Ganz genau.

Ein Alien Yoda ist.

KAPITEL 16

Augen auf

Ich hab ernsthaft Probleme mit dem Schlafen.

Nicht, weil Jerome es sich auf meinem Kopf bequem gemacht hat. Das tut der doch immer.

Nein, es liegt auch nicht an dem heftigen Regenguss draußen.

Es liegt nicht an den Krümeln in meinem Bett, auch wenn die es nicht besser machen.

Nein, der Grund ist mein Lehrer, der ein Alien ist. Und das will die Erde vernichten! Und rein zufällig gefällt es mir hier auf der Erde! Ich wohne ja schließlich hier!

Wie soll man da schlafen können? Echt harte Zeiten.

Ich rufe meinen Dad zu mir ins Zimmer. Weil ich unbedingt mit ihm reden muss. Oder genauer gesagt will ich, dass *er* mit *mir* redet.

Schon viel besser. Nichts bringt mich schneller zum Einschlafen als Dads Gesülze über seine Oldies. Wenn ich das in Flaschen abfüllen könnte, wäre ich megareich.

KAPITEL 17

Aliensprache

Es fiel mir nicht leicht, für diesen Vokabeltest zu büffeln, wo ich doch weiß, dass mein Lehrer die Erde auslöschen will. Doch nachdem ich stundenlang auf den Test gestarrt hatte, geschah ein Wunder.

Ich bekam eine Eins.

Das ist jetzt das zweite Mal, dass ich bei McPhee die Bestnote kriege. Das erste Mal war, als wir unsere Arbeiten selbst benoten durften.

Das war allerdings eine einmalige Sache.

»Gut gemacht, das mit dem Vokabeltest!«, meint meine Mom, als sie Roongrat und mich zum Fußballtraining kutschiert.

Ich kann nur hoffen, dass sie nicht denkt, dass das an ihrem Vortrag lag.

»Stinktiere haben einen weit größeren Wortschatz als wir Menschen«, behauptet Roongrat. »Sie kommunizieren mithilfe von Millionen verschiedener Duftnoten. Ist Fakt.«

»Siehst du, was passiert, wenn du deine Hausaufgaben gewissenhaft erledigst, Ben?«, fährt Mom fort. »Vielleicht ist Mr McPhee doch nicht so schlimm, wie du immer behauptest.«

Nein, ist er sicher nicht, wenn man es okay findet, dass er die Erde auslöschen will. Nenn mich ruhig verrückt, aber zufällig finde ich das schon schlimm.

Ich schaue aus dem Fenster. Warum sollte irgendwer all das vernichten wollen?

KAPITEL 18

Kickerhelden

Ich mag Fußball ja, abgesehen von einer Sache. Simon Cardigan ist bei mir in der Mannschaft.

Doch noch schlimmer finde ich, dass Simons Dad unser Trainer ist. Und weil der Trainer für die Trikots verantwortlich ist, durfte Simon das Maskottchen entwerfen. Rate mal, was er gezeichnet hat?

Ganz genau. Das Einzige, was er hinkriegt. KorallenBobNesselkopf.[6]

»Mensch, Black!«, brüllt Trainer Cardigan. »Du hast schon wieder dein Trikot vergessen!«

»Wo hab ich bloß meinen Kopf«, sage ich.

Roongrat weiß natürlich ganz genau, dass ich das Trikot immer mit blanker Absicht vergesse.

»Ben, hör endlich auf mit den Eifersüchteleien, bloß weil Simon besser zeichnet als du. Das ist Fakt. Du solltest ihm ein Freund sein, der ihn unterstützt.«

Muss schön sein, einen Freund zu haben, der einen unterstützt. Im Gegensatz zu mir nämlich trägt Roongrat sein KorallenBob-Nesselkopf-Trikot zu jedem Anlass.

6 Diesmal mit Stollenschuhen.

»Black! Konzentrier dich! Du musst den Leopardenblick draufhaben! Habe ich recht, Simon? Leopardenblick!«

»Ja, Dad!«

»Simon, auf dem Spielfeld nennst du mich gefälligst Trainer!«

»In Ordnung, Dad! Ich meine, Trainer!«

»Simon! Ben! Ihr zwei Emmentalerhirne dreht eine Extrarunde ums Spielfeld! Leopardenblick!«

Simon muss natürlich wieder angeben und prescht mit Vollgas los. Er hat ihn drauf, den Leopardenblick. Gemächlich trotte ich hinterher. Meine Kräfte spare ich mir lieber für später auf, besten Dank auch.

Als wir wieder ankommen, tut Simon so, als hätte er ein megawichtiges Rennen gewonnen, und führt ein Siegestänzchen auf.

»Ich bin besser als du, Ben!«, prahlt er und stolziert an mir vorbei.

»Das kannst du deinem Friseur erzählen!«, sage ich und bereue es sofort. Ich muss wirklich an meinen Retourkutschen arbeiten.

Trainer Cardigan lässt uns alle in einer Reihe aufstellen und sagt: »Wir machen heute ein Trainingsspiel, weiße gegen blaue Trikots.«

Blaue Trikots? Er greift in seine Sporttasche und verteilt nagelneue babyblaue T-Shirts mit folgendem Bild vorne drauf:

Genau das gleiche Maskottchen wie immer, nur diesmal auf hellblauem T-Shirt. Echt einfallsreich. Ich ziehe es mir über mein übliches schwarzes Oberteil.

Jetzt hab ich offiziell schlechte Laune, weil:

1. Ich mit Simons Zeichnung rumlaufen muss.
2. Ich nicht weiß, was ich gegen meinen Lehrer, der ein Alien ist, unternehmen soll.
3. Meine Mom heute zum Abendessen Fischauflauf kocht.

Abgesehen von meiner Mom freut sich in unserem Haus nur einer auf diesen Fischauflauf.

Irgendwie ist das mit der miesen Laune aber gar nicht mal so schlecht, weil ich nämlich ein Spitzenspiel abliefere. Der Trainer versetzt mich sogar auf eine Position weiter vorne im Sturm. Das tut er sonst nie.

Ich kann schnell sein, wenn ich will. Entschlossen schieße ich den Ball über Simons Kopf hinweg, gebe Vollgas und ziehe an Simon vorbei. Ha! Hätte er sich seine Energien mal aufgespart. Jetzt steht keiner mehr zwischen mir und dem Torwart, Roongrat. Das ist meine Chance, allen zu beweisen, dass ich besser bin als Simon!

Ich bin so was von bereit, dieses grandiose Tor zu schießen, als ich plötzlich meine Schwester drüben auf dem Schulgelände entdecke. Und sie ist nicht allein.

Den kenn ich doch!

Meine Schwester und Pfirsichflaum halten Händchen?! Ich traue meinen Augen kaum! Das kann doch nicht wahr sein! Das kann einfach nicht …

Simon nimmt mir den Ball weg und schießt.

»MENSCH, PASS AUF, BLACK!«, brüllt der Trainer.

»Genau, pass mal auf, Mensch Black!«, meint Simon lachend.

»Den hätte ich sowieso gehalten«, gibt Roongrat seinen Senf dazu. »Die Windrichtung im Verhältnis zur Winkelstellung deines Fußgelenks …«

»BLACK! ZURÜCK AUF DIE VERTEIDIGUNGSPOSITION!«, blafft der Trainer. Ich liege da und schäme mich in Grund und Boden, während ich Errriccaa und Pfirsichflaum um die Ecke biegen sehe. Wenigstens haben sie meinen spektakulären Sturz nicht mitbekommen.

Plötzlich höre ich den Trainer brüllen!

Die Aliens greifen an! Jetzt schon?! Ich dachte, mir bliebe noch etwas Zeit!

Ich fetze los, um mich in Sicherheit zu bringen. Quer übers Feld, in Windeseile über den Spielplatz, mit einem Satz über den Sandkasten und dann zwischen den Schaukeln durch.

Bloß leider werde ich aufgehalten.

Ich bleibe mit dem Fuß in der Schaukelkette hängen und fliege auf die Schnauze!

In dem Moment treffen mich auch schon die Photonen-Torpedos. Mir schmilzt die Haut weg! Oh weh, was für eine Misere!

Ich blicke zum Himmel hoch, kann aber keine Raumschiffe ausmachen. Da fliegt nur ein riesiger Schwarm Seemöwen, und die lassen Bomben fallen, wie Vögel es nun einmal tun. In Form von Vogelkacke. Der Rest des Teams konnte sich unter einen Baum retten. Da stehen sie jetzt und deuten auf mich und lachen sich schief. Selbst Trainer Cardigan hält sich den Bauch, doch Simon lacht am lautesten. Fast so, als wolle er damit prahlen, dass er am lautesten lachen kann. Ist das hier ein Lautlachwettbewerb, oder was?

Die Vögel ziehen weiter, und ich schaffe es endlich, meinen Fuß zu befreien. Von oben bis unten voll mit ekliger Vogelscheiße kämpfe ich mich auf die Beine. Zum Glück hat das KorallenBob-Nesselkopf-T-Shirt den größten Teil abbekommen.

Ich beschließe, dass es das Beste ist, keinem von den anderen in die Augen zu sehen, deshalb wende ich den Blick von der Mannschaft ab.

Doch dann begegnet mein Blick dem von jemand anderem. Drei Mal darfst du raten, von wem.

A) Analie B) Analie C) Analie[7]

7 Kleiner Tipp: Es war Analie.

KAPITEL 19

Traumtänzer

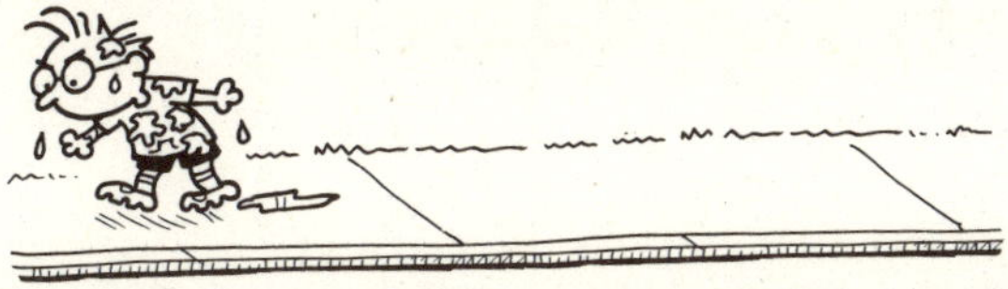

Meine Mom fährt Roongrat nach Hause, mich aber lässt sie laufen. Kann man ihr kaum verübeln, ich tu es aber trotzdem.

Auf dem Weg kloppe ich das widerliche KorallenBobNesselkopf-T-Shirt in eine Mülltonne, weshalb mich eine Frau, die gerade zum Fenster rausschaut, wüst beschimpft. Find ich gut. Sie mag Simons Zeichnung offenbar auch nicht.

Ich nehme eine ausgiebige Dusche. Heute waren es nur Vögel, aber schon morgen könnte ich auf die gleiche Weise von Aliens attackiert werden! Na ja, hoffentlich nicht auf *genau* die gleiche Weise.

Zum Abendessen kriege ich nicht viel runter, aber von dem Fischauflauf bleibt trotzdem nichts übrig.

Dann fällt meine Mom mir auf die Nerven, von wegen, ich solle mein Zimmer aufräumen. Ich verspreche auch, es zu tun, sage aber nicht, *wann* ich es zu tun gedenke.

Außerdem bin ich viel zu erledigt und schlafe auf der Stelle ein.

UNSER THEMA HEUTE ...
ICH BIN EIN ALIEN!
MUA-HA!
ICH HASSE KUNST! VERSCHWINDE, KUNST!
MUSEUM
UND ICH HASSE NUDELSOSSE MIT TOMATENSTÜCKEN DRIN!
RESTAURA
UND AM SCHLIMMSTEN SIND KINDER!
VOR ALLEM DER TYP DA!

Schweißgebadet wache ich auf. Mein Lehrer ist ein durchgeknallter Außerirdischer, der die Erde vernichten will! Ich muss was tun! Klar, was die Nudelsoße betrifft, da bin ich ganz bei ihm, aber der Rest? Ist doch Wahnsinn!

Parker hat da etwas zu mir gesagt, als die ganze Aliensache anfing. Sie hat mich gefragt, ob ich unlängst irgendwelche Alienfilme gesehen hätte. Zu dem Zeitpunkt hab ich nicht recht verstanden, was sie von mir will, aber jetzt kapier ich's.

Filme, das ist die Rettung!

KAPITEL 20

Test 1, 2, 3

Wenn wir aus Filmen eines lernen können, dann Folgendes: Jedes Alien hat einen Schwachpunkt. Man muss ihn nur finden.

Nachdem ich das Wochenende damit verbracht habe, mir einen Alienfilm nach dem anderen reinzuziehen, ist es jetzt an der Zeit, das Gelernte umzusetzen. Ich werde die Welt ein für alle Mal von diesem widerlichen Monster erlösen.

Heute ist Tag eins der Operation »Alien-Eliminierung«.

Versuch # 1: Laser

Ergebnis: Alien wirkt leicht irritiert.

Versuch # 2: Keime

Ergebnis: Alien wirkt etwas beunruhigt.

Versuch # 3: Wasser

Ergebnis: Alien ist genervt und will aus unerfindlichen Gründen, dass ich nach der Schule nachsitze.

KAPITEL 21

Nachsitzen ist doof

Folgendes Szenario hatte ich erwartet.

Doch beim Nachsitzen, während ich McPhee eindringlich mustere, wird mir klar, dass er das unbeschadet überlebt hat. Es kann nur eine Erklärung geben. Ich habe ihn vollkommen falsch eingeschätzt.

Er ist eine Art *Super*-Alien!

Und wie besiegt man ein Super-Alien? Entweder ich schaue mir noch mehr Filme an oder ich lese die »Nicht Öffnen«-Datei auf seinem Computer. Die enthält bestimmt jede Menge Geheiminfos, zum Beispiel wie man ein widerspenstiges Super-Alien ausschaltet und die Invasion aus dem All stoppt!

Schnell überlege ich mir einen Plan, wie ich McPhee dazu bringe, mich mit seinem Computer alleine zu lassen.

»Willst du morgen wieder nachsitzen?«, fragt McPhee, ohne auch nur aufzublicken.

Mist! Er hat wohl schon gegessen. Wer hat heute gefehlt?

Ich brauche einen neuen Plan, um ihn aus dem Zimmer zu locken.

Also reiße ich ein Stück Papier aus meinem Heft und kritzle etwas darauf.

Das Blatt falte ich fein säuberlich, dann halte ich es hoch.

»Mr McPhee. Könnten Sie den Zettel hier Miss Ortiz geben?«

Ich mag Miss Ortiz. Sie ist die Schulsekretärin und immer nett zu mir. Und sie ist kein Dämlack.

Miss Ortiz hat zu mir gehalten, als Direktor Cricklewood mich vom Unterricht suspendieren wollte, wegen eines Comics, den ich für die Schülerzeitung beigesteuert hatte. Der hieß *David und Venus*. Es geht da um zwei berühmte Statuen, die miteinander plaudern. Cricklewood ist total ausgeflippt!

Das Problem war wohl, dass diese bedeutenden Kunstwerke kein Fitzelchen Stoff am Leib tragen. Wie ich schmerzlich erfahren musste, ist es okay, diese Skulpturen in Museen und Büchern und Geschäften und auf Plakaten und Postkarten und Kalendern und als Kühlschrankmagneten und auf Topfuntersetzern und Puzzles zu zeigen, aber wenn ich versuche, sie nachzuzeichnen, bin ich plötzlich der Bösewicht. Cricklewood hätte mich ganz sicher der Schule verwiesen, wenn Miss Ortiz sich nicht so für mich eingesetzt hätte.

Aber egal. Wenn ich es schaffe, dass McPhee Miss Ortiz diesen Zettel bringt, bin ich allein mit dem Computer!

»Bring ihr den Wisch doch selber«, lautet McPhees Antwort. »Ich begleite dich zu ihr.«

Dieses Alien ist gerissener, als ich dachte. Wir begeben uns also gemeinsam ins Sekretariat, wo Miss Ortiz gerade ihre Sachen packt, um heimzugehen.

Sie lächelt und sagt: »Hi, Ben! Was verschafft mir die Ehre, dass du mich besuchst?« Wortlos überreiche ich ihr den Zettel.

»Für Sie, Miss Ortiz.«

McPhee begleitet mich noch bis zum Ausgang. Fast kommt es mir so vor, als wollte er mich nicht allein durch die Schule gehen lassen.

»Ich hatte schon wieder einen Anruf von Mr McPhee«, sagt Mom beim Abendessen. »Was ist nur *los* bei dir an der Schule?«

Sie versteht offenbar nicht die Notwendigkeit, dieses Alien aufzuhalten.

»Warum führst du dich nur so auf? Das wird Konsequenzen haben, junger Mann. Von jetzt an …«

Ich habe keine Wahl, jetzt muss ich meine Geheimwaffe zücken.

»Mom«, unterbreche ich sie. »Ich habe heute gesehen, wie Errikka mit Randy Eggman Händchen gehalten hat. Das ist so ein übler Typ von der Highschool, er hat einen Schnauzbart.«

Es ist wie ein Wunder. Keiner schenkt mir mehr Beachtung, und ich kann mich endlich darauf konzentrieren, wie ich die Welt rette. Außerdem nehme ich mir das Schnitzel auf meinem Teller vor.

KAPITEL 22

Schwesterchen ist geladen

Zwischen Erikahh und mir herrscht Funkstille. Man hat ihr den Umgang mit Randy Eggman verboten, von mir liebevoll Pfirsichflaum genannt. Oder wie meine Eltern sagen:

Ericcccca war immer das Vorzeigekind: nur die besten Zensuren, ein Ass im Sport, perfektes Haar, perfekte Manieren.

Kein Mensch kann so perfekt sein, weshalb ich eins und eins zusammenzählte und zu dem Schluss kam, dass sie ein Roboter sein muss.

Und dann war ich eines Tages mit Dad bei einem ihrer Fußballspiele. Erikcka erwies sich als die perfekte Spielerin und hatte schon zwei perfekte Tore erzielt. Sie war kurz davor, noch eins zu schießen, als ihr »zufällig« jemand vom anderen Team den Fuß stellte und sie sich den Arm brach.

Das war vielleicht eine Schau. Ich sah Knochen. Und ich kam zu der Erkenntnis, dass meine Schwester gar kein Roboter mehr war. Sie hatte sich auf wundersame Weise weiterentwickelt zu einem echten Menschen. Ich wusste gar nicht, dass das geht.

Aber das sollte gewürdigt werden …

Inzwischen ist mir längst klar, dass sie mitnichten perfekt ist. Ja, logo, sie kriegt auf fast alles eine Eins plus, aber manchmal vergeigt sie ihre Tests auch.

Außerdem schlürft sie ihre Suppe.

Und jetzt gibt sie sich auch noch mit einem totalen Tunichtgut ab!

Zum Glück brauche ich mir keinen Kopf mehr darüber zu machen, ob meine Schwester ein Roboter sein könnte. Das ist Vergangenheit.

Ich habe mich um Wichtigeres zu kümmern, zum Beispiel darum, dass mein Lehrer ein Alien ist!

KAPITEL 23

Fragwürdig

McPhee gibt immer extrem viele Hausaufgaben auf. Du willst wissen, warum? Na, weil er uns beschäftigen will, damit keiner draufkommt, was für ein fieser Kerl er doch ist!

Aktuell sollen wir jemanden aus der Gemeinde interviewen, der einen Beruf ausübt, für den wir uns interessieren. Ich überlege, ob ich den echten Schöpfer von KorallenBobNesselkopf befragen soll. Dann kann ich ihm bei der Gelegenheit erzählen, dass Simon seine Comicfigur kopiert. Leider wohnt er nicht in unserer Gegend und ich werde ihn wohl kaum zu einem Umzug hierher bewegen können.

Vielleicht sollte ich den Polizeichef interviewen, dann erfahre ich, ob die auf eine Alieninvasion vorbereitet sind.

Oder noch besser, ich interviewe McPhee selbst, und dann bringe ich ihn dazu, seine bösartigen Pläne zu gestehen!

Ich weiß genau, wie man einen guten Fragebogen erarbeitet. Erst stellt man ganz einfache Fragen, dann geht man allmählich über zu den wichtigeren persönlichen Fragen.

Als es zum Ende der Stunde läutet, gehe ich vor zu McPhee ans Pult und erkläre ihm, dass ich ihn für mein Interview will. Und dann lege ich den folgenden Fragebogen vor ihn auf den Tisch.

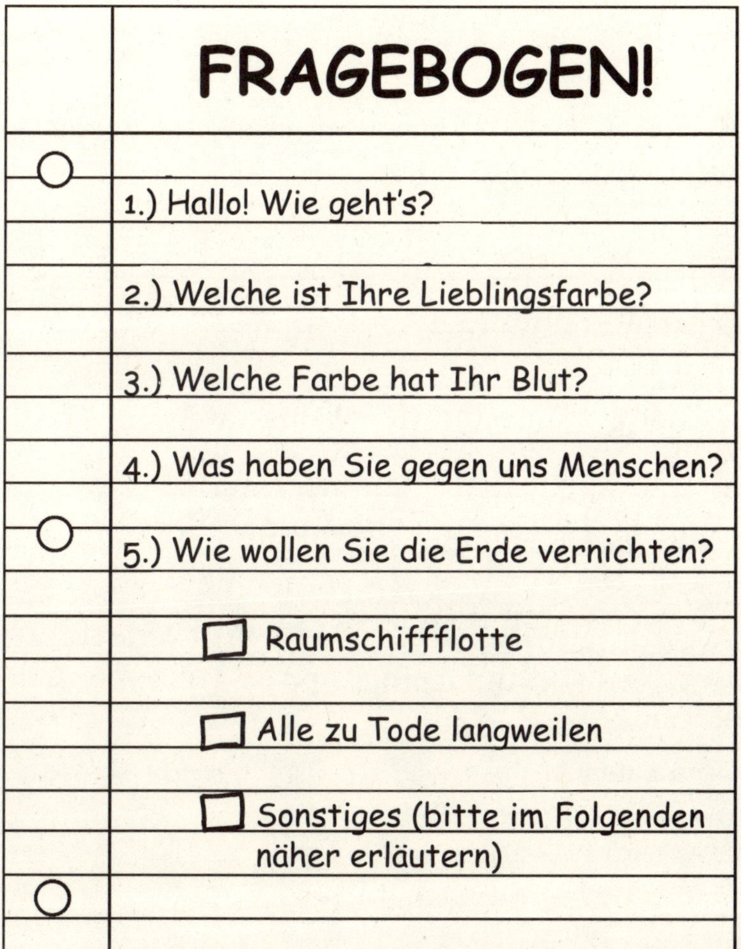

Ohne einen Blick darauf zu werfen, erklärt McPhee: »Ich fühle mich geschmeichelt, aber du interviewst besser jemand anderen.«

Was für eine Pleite! Das ist ja wohl das Letzte, was ich wollte, ihm schmeicheln!

»Tja«, sage ich, »ich lasse Ihnen den Fragebogen trotzdem hier, falls Sie Ihre Meinung ändern.«

»Und Ben«, sagt er und richtet den Stift auf mich, »mach nicht wieder ein Kunstprojekt aus dieser Sache. Hör auf, ständig Wolkenschlösser zu bauen.«

Wolken? Hat er da etwa seine Raumschiffflotte versteckt?

McPhee lässt den Füller fallen und der kullert über den Fragebogen.

5.) Wie wollen Sie die Erde vernichten?

- [x] Raumschiffflotte
- [ ] Alle zu Tode langweilen
- [ ] Sonstiges (bitte im Folgenden näher erläutern)

Dann nimmt er ihn wieder zur Hand und ich schnappe mir blitzschnell das Beweisstück!

KAPITEL 24

Schmutzige Wäsche

»Du hast McPhee reingelegt und ihn dazu gebracht, dass er gesteht?«

»Sieh dir das an«, sage ich. »Er hat das Kästchen da abgehakt.«

Ich bin bei Parker daheim und liege auf der Couch, während sie in ihrem Sessel sitzt und das Beweisstück betrachtet. Ihr Dad kann jeden Moment heimkommen, ich riskiere hier also Kopf und Kragen. Vermutlich macht er gleich Kleinholz aus mir und verarbeitet mich zu einer Ottomane. Oder zu einem geschmackvollen Beistelltischchen.

»Verstehe«, sagt Parker. »Unser Lehrer ist also ...«

»... ein Alien mit einer ganzen Raumschiffflotte, mit der er die Erde auslöschen will«, führe ich den Satz für sie zu Ende.

»Ist das so was wie damals, als du mir weismachen wolltest, deine Schwester wäre ein Roboter?«

»Viel krasser.«

»Natürlich.«

»McPhee stellt eine große Gefahr für alle dar. Da muss man doch den Mund aufmachen, oder?«

»Ich hatte dir ja davon abgeraten«, sagt Parker. »Weißt du auch noch, wieso?«

»Hm, ich bin verwirrt.«

»Genau!«

»Aber ich komm schon noch drauf.«

»Ganz bestimmt wirst du das. Das macht dann tausend Dollar«, sagt Parker zwinkernd. »Ich musste die Preise anheben.«

Gerade als ich ihr einen Schuldschein ausstellen will, höre ich, wie jemand die Tür öffnet. Es ist Parkers Dad! Diesmal ist er es wirklich! Und mir bleibt keine Zeit, mich zu verkrümeln!

Parker denkt blitzschnell nach.

»Hi, Dad!«, höre ich eine gedämpfte Stimme sagen. »Ich lege gerade Wäsche zusammen.«

»Seit wann legst du denn Wäsche zusammen?«

»Seit gerade eben!«

»Das ist ja sehr nett von dir, Parker, aber das ist meine Schmutzwäsche.«

Ich höre noch mehr Gemurmel, verstehe aber nicht, was gesprochen wird. Klingt fast so, als wollte Parkers Dad mich zu einem Wäschekorb verarbeiten!

Dann wird plötzlich alles still. Ich spüre, wie jemand an meinem Arm zieht, dann werde ich aus dem Haufen gezerrt.

Parker flüstert »Lauf!« und verpasst mir gleichzeitig einen Tritt und im nächsten Moment stehe ich draußen vor der Tür.

Sobald der Adrenalinschub etwas abgeebbt ist und ich mich wieder orientieren kann, entdecke ich ein vertrautes Gesicht auf der anderen Straßenseite.

Ich lächle und winke ihr zu. Läuft eigentlich alles ganz gut, bis ich in der Scheibe eines geparkten Fahrzeugs mein Spiegelbild erblicke.

KAPITEL 25

Schlussfolgerungen

Ich reiße mir die Boxershort vom Kopf und stürme beschämt nach Hause.

Parker findet, ich solle besser kein Wort darüber verlieren, dass McPhee ein Alien ist. Sie will nicht, dass ich irgendjemandem sage, dass die Welt in ernsthafter Gefahr ist.

Das kapiere ich nicht! Warum denn nicht? Was will sie damit bezwecken?

Und dann kommt es mir. Das ist die Lösung! Parker will nicht, dass ich *sage*, dass unser Lehrer ein Alien ist. Sie will nicht, dass ich *sage*, dass die Welt in Gefahr ist … Sie will, dass ich es den Leuten *zeige*!

Immerhin bin ich Künstler und Künstler teilen sich über ihre Kunst mit. Das ist genial!

Wo ich es nun endlich kapiert habe, nehme ich rasch den Stift zur Hand und schnappe mir meine Liste mit den Zielen. Vorne ist kein Platz mehr, also drehe ich das Blatt um und schreibe auf die Rückseite.

KAPITEL 26

Tapferkeitsmedaille

Kunst eignet sich wirklich hervorragend, um etwas zu kommunizieren. Ein Künstler namens Andy Warhol hat Folgendes gemalt.

Damit wollte er der Welt mitteilen, wie sehr er Tomatensuppe mag. Ich bin auch ein Künstler, und jetzt ist es an mir, der Welt etwas mitzuteilen. Etwas, das viel wichtiger ist als Dosensuppe!

»Ben, die Leute haben mich den ganzen Tag angegrinst. Weißt du, warum?«

»Nein, Mr McPhee. Ich wüsste beim besten Willen nicht, weshalb ich Sie angrinsen sollte.«

McPhee deutet auf seinen Mitarbeiterausweis. »Warst du das?«

Ich rutsche nervös auf meinem Stuhl herum. »Nicht, dass ich wüsste. Sie können nichts beweisen. Ich verweigere die Aussage.«

Das Alien sieht mich lange und eindringlich an. Ich hoffe, es nimmt mir das ab. Dann geht es zurück an sein Pult und versucht, den Edding abzuwischen. Ich weiß natürlich genau, dass das nie wieder abgeht.

»Warst du das?«, raunt Roongrat mir zu.

»Es ist mir nicht gestattet, darüber zu sprechen«, entgegne ich.

Im Laufe des Tages sehen immer mehr Leute meine Botschaft auf McPhees Ausweis. Und unter den Schülern verbreitet sich wie ein Lauffeuer, dass ich der verantwortliche Künstler bin.

Endlich, das Alien ist entlarvt! Und ich ernte die Lorbeeren dafür. Ich brauche mich jetzt nur noch zurückzulehnen und abzuwarten, bis ein aufgebrachter Mob besorgter Bürger McPhee überwältigt und den Behörden ausliefert.

Doch bis zum späten Nachmittag hat keiner McPhee beschuldigt, ein Alien zu sein. Keine wütende Miliz, die ihn laut protestierend davonzerrt.

Offenbar hat meine Kunst niemanden dazu ermutigt, die Initiative zu ergreifen.

Tatsächlich scheint sie dem Alien nur noch mehr Macht zu verleihen, denn nun sagt es etwas wahrhaft Schockierendes.

Schluck! Jetzt hat es die ganze Klasse gegen mich aufgebracht!

KAPITEL 27

Hirnschmalz gefragt

Ich hole mir eine Ladung Chop Suey und suche die Cafeteria nach Roongrat und Parker ab. Die beiden müssen sich versteckt haben, weil sie sich nach dem Debakel mit den Extrahausaufgaben nicht mehr mit mir sehen lassen wollen.

Simon hockt mit einem Haufen Mädels zusammen und zeichnet KorallenBobNesselkopf-Männchen in ihre Hefte. Sie werfen mir allesamt finstere Blicke zu.

Dann sehe ich Analie allein in einer Ecke sitzen. Der Platz ihr gegenüber ist noch frei. Ich will darauf zugehen, um mich zu ihr zu gesellen, nachdem ich einmal tief Luft geholt habe.

»Ben! Hier sind wir!« Parker winkt mir freudig zu, während Roongrat schon Essen in sich reinschaufelt. Ruckartig bleibe ich stehen und saue mich dabei mit dem Mittagessen ein.

Analie starrt mich weiter an, und ich höre, wie Simon lacht. Also gehe ich zu Parker und setze mich neben sie.

Ich kratze die Essensreste von meinem T-Shirt und arrangiere die Nudeln so auf dem Teller, dass sie aussehen wie ein fieser, durchgeknallter Oktopus.

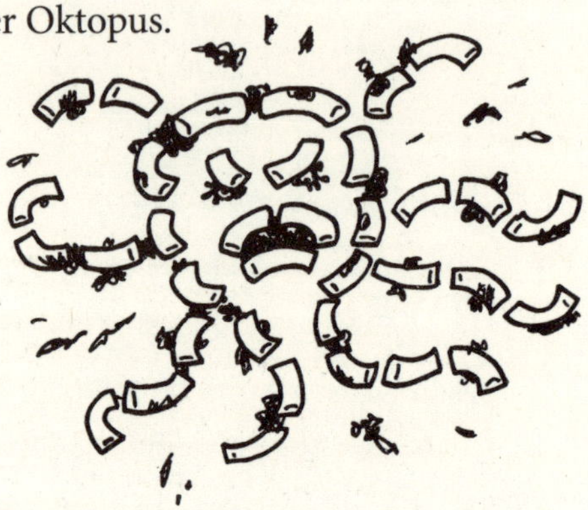

»Danke für die ekschtra Hauschauschgaben!«, sagt Roongrat mit vollem Mund. »Alle schind schauer auf disch.«

»Ich fand das Ganze zum Brüllen komisch!«, meint Parker.

Ähm, kapiert denn keiner, dass ich sie alle nur retten wollte?

Parker will wissen, ob ich am Wandgestaltungs-Wettbewerb teilnehme.

»Was für ein Wettbewerb?«

»Das wurde doch heute Morgen durchgesagt«, erklärt Parker.

»Und in ger ganschen Schule wurgen Flugblätter verteilt«, sagt Roongrat, immer noch mampfend. »Da hängt schogar einer direkt vor deiner Nasche.«

Ach, tatsächlich. Mir entgeht doch sonst nie was? Wie kommt es, dass mir das nicht aufgefallen ist? Ich wette, McPhee hat mich einer Gehirnwäsche unterzogen, damit ich das nicht mitkriege.

Ich reiße den Zettel von der Wand.

WANDGESTALTUNGS-WETTBEWERB

AN ALLE KÜNSTLER!

WER VON EUCH WILL SEIN KUNSTWERK AN DER WAND DER SCHULAULA SEHEN?

Reicht eure Vorschläge bis Ende des Monats im Sekretariat ein.

Die ganze Schule wird darüber gemeinsam abstimmen!

Auf das Wandgemälde fällt der Blick garantiert als Erstes, wenn man das Schulgebäude betritt.

Der perfekte Ort, um McPhee zu entlarven! Das ist meine Chance!

»Du solltest unbedingt teilnehmen!«, sagt Parker.

»Schimon gewinnt beschtimmt«, meint Roongrat.

Nicht, wenn er vorher von einem durchgeknallten Oktopus erledigt wird, denke ich im Stillen.

Auf einmal zerplatzt der Oktopus in meiner Vorstellung und irgendwas klatscht an meine Brille. Ehe ich die Situation richtig einordnen kann, bricht eine ausgewachsene Essensschlacht los!

So sieht das aus, nachdem der Sturm sich gelegt hat.

Entweder geben mir wirklich alle die Schuld an den zusätzlichen Hausaufgaben, oder man findet, ich esse zu wenig.

Und jetzt gib dir das: Man schickt mich nach Hause, wegen Unruhestiftung! Mein Dad holt mich ab.

»Was soll diese Geschichte, von wegen, du hättest McPhees Namensschild verunstaltet und in der Cafeteria für Unruhe gesorgt?«

»Ist kompliziert«, erkläre ich. »Ich bin hier nur das Opfer.«

Den Rest des Tages verbringe ich auf meinem Zimmer, ich stehe unter Arrest, aber das ist schon okay. Ich nutze die Zeit, um an meinem Vorschlag für das Wandgemälde zu arbeiten.

Jerome hilft mir dabei.

Als das Papier warm genug ist, schnappe ich mir etwas Papierwärmer-Entferner.

Höchste Zeit jetzt, dass ich mich an die Arbeit mache.

Eine Stunde später ist mein Entwurf für das Wandgemälde fertig.

McPhee ist ein ALIEN!
RETTET DIE
ERDE!

Die Botschaft ist eindeutig.

Das Problem ist nur, McPhee wird niemals seine Zustimmung geben, dass man das an die Wand der Aula malt. Ich muss also klug vorgehen. Und muss schlauer sein als mein Gegner.

Wenn man bedenkt, wer mein Gegner ist, sollte das nicht allzu schwer sein.

KAPITEL 28

ALIEN-INVASION

»Wen willst du denn für die Hausarbeit interviewen?«, fragt mich Roongrat, während er einen Stapel Videospiele über unseren Wohnzimmerboden verteilt.

»Weiß ich noch nicht.«

Ich habe noch gar nicht richtig darüber nachgedacht. Ich war rein zufällig mit was anderem beschäftigt.

DIE RETTUNG DER WELT

»Ich will einen Banker interviewen«, fährt Roongrat fort. »Banker dürfen vom Geld der anderen immer fünfzig Prozent behalten. Ist Fakt.«

Parker verkündet, sie wolle eine Psychologin interviewen. Was für eine Überraschung.

Simon ist auch hier. Roongrat hat ihn zu mir nach Hause eingeladen. Wahrscheinlich, um mich zu ärgern. Simon meint, er will seinen Onkel interviewen, den Cartoonisten. Zugegeben, ich bin ein bisschen neidisch, weigere mich aber, mir das anmerken zu lassen.

Bald wird auch klar, warum Roongrat Simon eingeladen hat.

»Ben! Du und Simon, ihr solltet *Kunstraub* spielen! Wollen wir doch mal sehen, wer der bessere Künstler ist!«

»Ich sollte auf einem niedrigen Level einsteigen, weil ich das noch nie gespielt habe«, meint Simon. »Du bist vermutlich längst Experte, Ben.«

»In der Tat, ich bin Experte«, gebe ich zu. »Aber keine Sorge, ich werde es dir nicht allzu schwer machen. Du spielst auf Level eins, ich spiele auf Level fünf.«

O. k. Vielleicht bin ich da etwas zu selbstsicher rangegangen, denn wie sich herausstellt, spielt Simon gar nicht mal schlecht. Wahrscheinlich, weil er gut im Kopieren von Sachen ist. Okay, er gewinnt das Spiel. Ich kann nicht zulassen, dass er mich schlägt! Auf keinen Fall! Ich muss ihn irgendwie ablenken.

»Meine Schwester ist auch da«, sage ich.

»Erica?«

»Jep, sie ist oben.«

Simon verzieht das Gesicht zu diesem typisch debilen Grinsen. Er ist in Errrikaa verknallt. Ich schätze sogar, sie ist der eigentliche Grund, weshalb er hier ist.

Nur hat Simon null Chance bei ihr, weil sie nicht auf jüngere Typen steht. Und ein Fan von KorallenBobNesselkopf ist sie auch nicht.

Allerdings kann ich diese Tatsache sehr gut gegen ihn verwenden.

»Sie hat einen Freund«, sage ich. »Er ist ein bisschen älter und hat schon einen Bart.«

Simon zieht eine Schnute und macht bereits die ersten Fehler.

»Sie ist total verliebt, ich glaube, sie sind auch schon verlobt und wollen heiraten«, lege ich noch eins drauf, um es ihm so richtig reinzuwürgen.

Es funktioniert! Simon ist ganz offensichtlich nervös und auf einmal spielt er total beschissen. Ich gewinne!

Plötzlich brüllt meine neugierige Schwester von oben: »Hört auf, über mich zu reden! Ich habe keinen Freund … dank DIR!«

Simon richtet sich merklich auf und spielt wieder etwas besser. Er steigert sich immer weiter. Mein Plan ist nach hinten losgegangen! Er holt auf, und ich tu mich immer schwerer, weil ich Level fünf noch nie gespielt habe. Roongrat feuert Simon an und Parker jubelt für mich.

Roongrat klatscht Simon ab. Der beugt sich zu mir rüber und sagt: »Ich bin besser als du, Ben. Und das war noch nicht mal mein Höchststand.«

Hmpf! Er hat mich reingelegt! Das ist doch nicht das erste Mal, dass er das spielt! Wie konnte ich mich von diesem Dämlack schlagen lassen? Warum musste ich gleich Level fünf nehmen?!

»Sei nicht sauer, bloß weil Simon besser ist als du«, sagt Roongrat. »Ist nun mal Fakt.«

Simon führt indessen sein lahmes Siegestänzchen auf.

»Lasst uns was anderes spielen!«, schlägt Parker vor. Ich glaube, sie versucht es mit der Ablenkungstaktik, weil sie genau weiß, wie aufgebracht ich bin.

»Ich habe das neue *Alien Infiltration* mitgebracht!«, sagt Roongrat.

Normalerweise spiele ich das nicht so gern, aber diesmal bin ich nicht abgeneigt. Ich betrachte es als Trockenübung, um meine Fähigkeiten in Bezug auf den bevorstehenden Angriff der Aliens zu testen.

Wir spielen zu viert und es sieht schon von Anfang an nicht gut aus. Jeder ist besser als ich, weil ich mich einfach nicht konzentrieren kann. Ich bin immer noch total genervt. Aber auf keinen Fall darf ich Simon noch mal gegen mich gewinnen lassen.

Ich bin der Allerletzte.

»Wie gut, dass du den Planeten nicht in echt retten musst!«, spöttelt Simon.

Roongrat lacht. »Genau, weil wir dann nämlich alle STERBEN müssten!« Parker spart sich die Angeberei, auch wenn sie sich bestimmt diebisch freut, dass sie Erste geworden ist. Was mich betrifft, ich habe meine Entscheidung gefällt.

Ich werde allen sagen, dass wir schleunigst von hier verschwinden müssen.

Ich rufe die Polizei.

KAPITEL 29

Eine Frage der Autorität

»Peters Pizza Palast.«

Ich habe noch nie die Polizei gerufen, aber ich bezweifle, dass die sich so am Telefon melden. Also bestelle ich sechs Mal Pizza mit Salami, lege auf und versuche es erneut.

»Hallo, Officer Pickels am Apparat.«

Schon besser.

»Hallo, hier spricht Ben Black. Ich möchte einen Notfall melden.«

»Welche Art von Notfall?«

»Ich würde Sie gern für ein Schulprojekt interviewen.«

Officer Pickels erklärt, ich könne sofort im Revier vorbeikommen, also springe ich auf mein Fahrrad und mache mich auf den Weg.

Ich bin überhaupt nicht vorbereitet, deshalb fange ich mit den Fragen an, auf die sich jeder eine Antwort wünscht.

Fahren Sie zum Spaß über rote Ampeln?

Dürfen Sie jeden verhaften, der Sie nervt?

Darf ich mit Ihrer Pistole mal auf

Seine Antworten variieren zwischen »Nein« und »Bist du sicher, dass du später mal Polizist werden willst?«.

Als ich ihm gestehe, dass ich in Wirklichkeit Künstler werden will, erzählt er mir, dass man bei der Polizei auch Zeichenkünstler anstellt, die helfen, Kriminelle zu fassen. Er erkundigt sich, ob ich es mal testen will.

»Ich beschreibe dir eine Person, und du versuchst, sie anhand meiner Beschreibung zu zeichnen.«

»Okay, probieren wir's«, sage ich. Ich ziehe meinen Stift aus der Tasche und er reicht mir einen Zeichenblock.

Officer Pickles beschreibt seine Frau, und ich gebe mein Bestes, um ihr Porträt aufs Papier zu bringen.

Officer Pickels scheint nicht allzu glücklich mit meiner Zeichnung zu sein. Und wie sollte ich es ihm verübeln. Ich wäre auch nicht glücklich, wenn meine Frau aussähe wie ein weiblicher Snoopy.

»Willst du dir mal eine Gefängniszelle von innen ansehen?«, schlägt er vor.

Wie cool. VIP-Behandlung.

Er bringt mich zu einer Zelle und bittet mich, da reinzugehen. Als ich das tue, höre ich, wie die Tür sich mit einem lauten Knall hinter mir schließt.

Hat er mich jetzt verhaftet, weil ich ihn genervt habe? »Geben Sie mir noch eine Chance!«, bettle ich. »Das nächste Mal zeichne ich Ihre Frau so, dass sie weniger wie Snoopy aussieht, versprochen!«

Doch es ist sinnlos. Er ist weg.

Zieht er jetzt los, um noch weitere Verbrecher zu finden, die er hier einsperren kann? Ich muss versuchen, möglichst einschüchternd zu wirken, nur für den Fall! Schnell zücke ich meinen Stift und schreibe etwas an die Wand.

LEGT EUCH NICHT
MIT BEN AN!

Gut. Das klingt einschüchternd. Jetzt muss ich nur noch üben, so zu sprechen wie einer von diesen ultraharten Kerlen.

Ich höre, wie Officer Pickels die Tür aufschließt.

»Ganz schön gruselig, oder?«, meint er.

»Ich gehe nie wieder ins Gefängnis«, sage ich und verstelle meine Stimme so, dass ich klinge wie einer von diesen knallharten Typen.

Als wir draußen sind, stelle ich dann DIE Frage. Die einzige Frage, die zählt. Der eigentliche Grund, weshalb ich hier bin.

»Officer Pickels«, setze ich an, »sind Sie eigentlich auf eine Alien-Invasion vorbereitet?«

Ehe er antwortet, wirft er einen kurzen Blick hoch in den Himmel. Ich bin mir sicher, dass er nach Raumschiffen Ausschau hält, aber irgendwie hätte man auch meinen können, dass er die Augen verdreht. Wegen mir.

»Nein, wir sind nicht auf eine Alien-Invasion vorbereitet, absolut nicht«, gibt er zu.

Das hatte ich befürchtet. Ich weiß genau, dass Officer Pickels ebenfalls Angst hat, weil er nun den Kopf schüttelt und ein nervöses Lachen ausstößt.

Jetzt sitze ich ganz schön in der Patsche! Weil ich nämlich meinen Aufsatz schreiben muss, ich aber McPhee zugleich nicht wissen lassen darf, dass die Polizei so gar nicht gegen einen Alien-Angriff gewappnet ist.

Aber ich kann genauso wenig etwas verschweigen, das mir ein Polizist erzählt hat. Darauf steht doch sicher eine Gefängnisstrafe. Und ins Gefängnis geh ich auf gar keinen Fall noch einmal.

Ich sehe meine Notizen durch.

Frage: Sind Sie auf eine Alien-Invasion vorbereitet?

Officer Pickels: Wir sind nicht auf eine Alien-Invasion vorbereitet, absolut nicht.

Es gibt nur eine Möglichkeit, damit umzugehen.

Frage: Sind Sie auf eine Alien-Invasion vorbereitet?

Officer Pickels: Wir sind ~~nicht~~ auf eine Alien-Invasion vorbereitet, absolut ~~nicht~~.

Das nenne ich soliden Journalismus, und ich bin überzeugt, dass das nicht strafbar ist, sondern absolut legal. Wenn McPhee das liest, überlegt er es sich bestimmt zweimal, bevor er angreift.

Ich bedanke mich bei Officer Pickels und will auf mein Rad steigen, doch es ist nicht mehr da! Haben die Aliens sich das geholt?

Officer Pickels will wissen, ob ich es abgesperrt habe.

Habe ich nicht. Ich dachte, vor der Polizeiwache wäre es sicher.

»Sag mir, wie es aussieht«, bittet er mich.

»Es ist blau und, keine Ahnung. Ist halt ein Fahrrad.«

»Wieso zeichnest du es nicht einfach?«

»Könnten Sie mich im Polizeiauto nach Hause fahren?«, frage ich.

»Vielleicht ein anderes Mal, Ben. Möchtest du, dass ich deine Eltern anrufe?«

Ich kann mir lebhaft vorstellen, wie meine Eltern auf so einen Anruf reagieren.

»Danke, ich gehe lieber zu Fuß«, sage ich.

Ist ganz schön weit, aber ich konnte schon mit einem Jahr laufen, deswegen beherrsche ich das mittlerweile recht gut.

Je länger ich darüber nachdenke, desto mehr komme ich zu der Überzeugung, dass Aliens mein Rad gestohlen haben, weil sie Ersatzteile für ihr Raumschiff brauchen. Der Angriff muss kurz bevorstehen.

Ich bin schon auf halbem Weg nach Hause, als etwas Unerwartetes geschieht.

Das hat der doch bestimmt mit Absicht gemacht! Ich bin bloß froh, dass Pfirsichflaum weitergefahren ist. So kann er mich wenigstens nicht verkloppen. Er denkt vielleicht noch drüber nach, aber ich glaube nicht, dass es passiert.

Komischer Zufall allerdings, dass er auf einem Fahrrad vorbeifährt, das genauso aussieht wie meins!

Endlich zu Hause angekommen, bin ich vollkommen erledigt, voller Dreck, und ich hab einen Bärenhunger.

Wie gut, dass da schon sechs köstliche Salamipizzen von Peters Pizza Palast auf mich warten.

KAPITEL 30

Am Limit

Heute müssen wir unsere Aufsätze abgeben.

Parker und Roongrat wirken schockiert, dass ich einen Polizisten interviewt habe.

Bevor der Gong ertönt, linse ich rüber auf Simons Blatt. Er hat seinen Onkel interviewt, den Cartoonisten. Ich lasse mir meine Neugier aber nicht anmerken.

Ein paar Zeilen kann ich lesen: »Wenn man in einem Cartoon etwas Kontroverses zum Ausdruck bringen will, lässt man das einfach ein niedliches Tierchen sagen. Den Leuten fällt es schwer, einem niedlichen Tierchen böse zu sein.«

Das nenne ich mal einen nützlichen Ratschlag! Ich beschließe, meinem Aufsatz noch den letzten Feinschliff zu verpassen.

GNI HII!
VOLL DOOFE HAUSAUFGABE!

KAPITEL 31

Wandgestaltungs-Debakel

Kannst du dir das vorstellen? Ich muss heute schon wieder nachsitzen. Man möchte doch meinen, dass ein Alien Wichtigeres zu tun hat.

Ich nutze die Zeit in Gefangenschaft, um weiter an meiner Idee für das Wandbild zu arbeiten. Ich *muss* diesen Wettbewerb gewinnen. So schlage ich zwei Fliegen mit einer Klappe: Ich schlage Simon UND rette den Planeten. Der perfekte Plan.

McPhee hackt eifrig auf seinen Computer ein, also ziehe ich meinen Entwurf heraus und überlege mir, wie ich ihn noch verbessern könnte.

Wa…? Der obere Teil meiner Zeichnung fehlt! Futsch! Sieht aus wie abgekaut! Wer macht denn so was?

Möglich, aber nicht wahrscheinlich. Wer sonst?

Das ist es! Jerome muss den Teil gefressen haben, weil er von dem Miez-Schmaus total aufgekratzt war! Jetzt muss ich noch mal neu anfangen! Oder? Ich sehe mir das Bild noch einmal genauer an und stelle fest, dass es vielleicht doch gehen könnte.

Ich reiche einfach das ein, was übrig ist, die untere Hälfte des Entwurfs. Da steht »Rettet die Erde«, und das will ja wohl jeder, also den Planeten vor irgendwas retten, ist doch so, oder? Damit fahre ich Stimmen ein! Und wenn ich den Wettbewerb dann gewonnen habe, male ich einfach das komplette Bild an die Wand, inklusive dem oberen Teil, wo man sieht, dass McPhee ein Alien ist! Dann wird McPhee zugeben müssen, was mit ihm los ist, weil mein Bild ihn entlarvt! So läuft das mit der Kunst.

Ich hebe die Hand. Ohne aufzusehen, sagt McPhee: »Ja, Ben?«

»Mr McPhee, wo kann ich meinen Vorschlag für den Wandgestaltungs-Wettbewerb einreichen?«

»Überall auf dem Flur hängen Flugblätter, Ben. Du kannst ihn im Sekretariat abgeben.«

»Könnten Sie das bitte für mich tun?« Warum habe ich denn »bitte« gesagt? So rede ich doch sonst nie mit ihm. Klingt total verdächtig.

»Bring ihn her«, meint er.

Ich falte das Bild zusammen und reiche es McPhee. Dabei versuche ich einen verstohlenen Blick auf seinen Computermonitor zu werfen, doch er dreht ihn von mir weg.

Auch gut. Denn sobald er den Raum verlässt, um meine Zeichnung abzuliefern, *bämm*! Dann schlage ich zu, öffne diese Nicht öffnen-Datei und lese all seine Alien-Geheimnisse!

Ich kehre wieder an meinen Platz zurück und warte.

Und warte.

»Mr McPhee, wann bringen Sie denn meinen Vorschlag ins Sekretariat?«

»Das Sekretariat ist momentan geschlossen. Ich bringe ihn morgen vorbei.«

Schluck! Dieses Alien durchkreuzt immer wieder meine Pläne!

Als er mich endlich entlässt, gehe ich extra beim Sekretariat vorbei, um zu prüfen, ob McPhee mich nicht angeschwindelt hat wegen der Öffnungszeiten. Aliens sind doch bekannt für ihre Hinterlist!

Ich linse durchs Schlüsselloch. Tatsächlich, alles dunkel, sieht wirklich geschlossen aus. Doch als ich mich versehentlich gegen die Tür lehne, geht sie auf. Im Dunkeln bemerke ich einen Stapel Unterlagen auf einem Schreibtisch.

Theoretisch könnte ich mir einen Packen von den Wahlzetteln schnappen, sie ausfüllen, und zwar zu MEINEN Gunsten, und sie dann in die Wahlurne stecken. Nicht unbedingt der ehrliche Weg zum Sieg, aber es geht hier um den Fortbestand der Welt. Da gelten andere Regeln.

Ich schnappe mir also einen Packen von den Wahlunterlagen, stopfe sie in meinen Rucksack und mache mich schleunigst auf den Heimweg.

Dort treffe ich auf meine Mom, die wieder einmal mit McPhee telefoniert. Und wieder einmal werde ich hoch auf mein Zimmer geschickt, um aufzuräumen.

Doch statt sauber zu machen, fange ich an, die Wahlzettel auszufüllen. Natürlich stimme ich jedes Mal für mich. Ich verändere meine Handschrift, damit kein Verdacht aufkommt.

Bis zum Ende der Woche habe ich jeden einzelnen Wahlzettel ausgefüllt. Die Wahl findet am Montag statt, und ich werde dafür sorgen, dass ich gewinne.

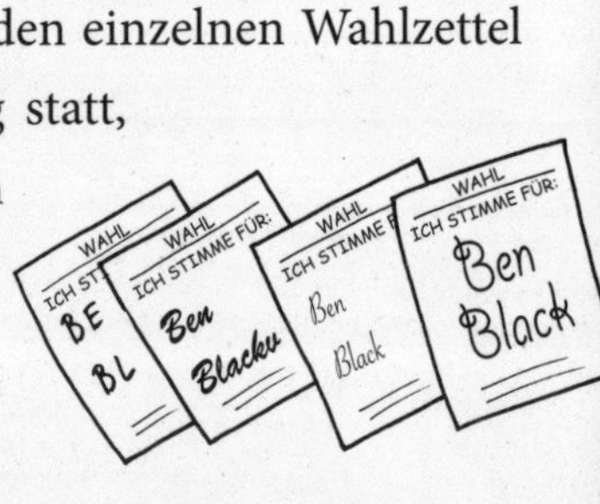

Indem ich bescheiße. Ich nehme mir eine kleine Auszeit im Sitzsack.

Als ich am Samstagmorgen aufwache, stelle ich zu meiner Verblüffung fest, dass ich immer noch auf meinem Sitzsack liege. Noch mehr aber überrascht mich, dass es schneit.

Moment mal, das ist ja gar kein Schnee!

Jerome hat die ganzen Wahlzettel zerfetzt!

Jetzt könnte man vielleicht denken, ich wäre sauer, bin ich aber nicht. Ich hätte es mir nie verziehen, wenn ich diesen Wettbewerb nur durch Schummelei gewonnen hätte. Denn dann wäre ich keinen Deut besser als Simon, der bescheißt auch immer. Und mit ihm möchte ich mich nicht vergleichen lassen müssen.

Ich werde die Welt auf die klassische Art retten. Indem ich mein Talent nutze.

Oder ich rette die Welt einfach gar nicht.

KAPITEL 32

Überraschungen

Ich begleite meinen Dad zum Supermarkt. Du willst wissen, warum? So ein Wandgemälde zu malen, kostet unheimlich viel Energie, und du weißt ja sicher, woher die Energie kommt.

Meine Mom ist auf Geschäftsreise, deshalb läuft alles ein wenig anders. Mein Dad knickt total leicht ein. Er steuert immer zielstrebig auf das gesunde Zeug zu, während ich gleich nach links abbiege zu den wirklich guten Sachen.

Doch ich komme nicht weit, denn ich entdecke jemanden in der Reihe mit den Nudeln.

Der führt doch bestimmt nichts Gutes im Schilde!

Ich husche schnell in den nächsten Gang, bevor er mich entdeckt. Dort ziehe ich eine große Schachtel aus dem Regal und halte sie mir vors Gesicht. Die nutze ich als Deckung, während ich ihm durch den ganzen Laden folge.

Ich bin ihm die ganze Zeit dicht auf den Fersen, während er die Reihen auf und ab geht und Sachen in seinen Einkaufswagen lädt.

Extrem verdächtige Sachen.

— *Makkaroni*
— *Dosensuppe*
— *Vanillejoghurt*
— *Fischfutter*
— *Tiefkühl-Pizza für eine Person*
— *Fertigburrito für eine Person*
— *AA-Batterien*
— *Vanilleeis*

Ich weiß genau, was er vorhat. Das dient alles als Treibstoff für sein Raumschiff! Mit Ausnahme der Batterien. Die isst er sehr wahrscheinlich selbst.

McPhee wirft einen Blick in meine Richtung, deshalb reiße ich die Schachtel hoch, um mein Gesicht zu verbergen. Ich glaube nicht, dass er mich gesehen hat, aber das war jetzt wirklich ganz schön knapp.

Langsam gehe ich rückwärts, um aus der Reihe zu verschwinden, als ich mit jemandem zusammenpralle.

Mein Herz macht einen Sprung! Das ist die Gelegenheit, Analie anzuquatschen. Ich brauche nur den Mund aufzumachen. Ich könnte ja sagen: »Ups, sorry.« Ja, genau, das könnte klappen.

»Lass uns zahlen«, meint Dad. »Bist du fertig?«

Ich drehe mich noch einmal zu Analie um, doch sie ist schon wieder weg. Dieses Mädchen ist echt schnell wie der Blitz.

»Ich bin fertig«, sage ich.

»Ben«, fragt mein Dad nun, »was hast du denn da?«

»Oh, das?«

Ich hätte wohl besser darauf achten sollen, was ich mir da als Tarnung schnappe.

»Ähm, die brauche ich«, sage ich. »Für ein Kunstprojekt«, füge ich geistesgegenwärtig hinzu.

KAPITEL 33

Nicht zur Nachahmung empfohlen

»Dad, können wir auf dem Weg nach Hause einen Umweg machen?«

»Warum?«

»Ich fahre eben gern mit dir durch die Gegend.«

Der eigentliche Grund ist, dass McPhees Auto direkt vor uns ist, als wir aus dem Parkplatz rausfahren. Ich will ihm in sein Versteck folgen und ihn auf frischer Tat ertappen, wie er sein Raumschiff volltankt!

»Fahr hier rechts«, gebe ich Dad Anweisung. »Und hier links.«

Im Radio laufen die typischen Klassiker. Mein Dad fängt wieder mal an, über Musik zu reden. Darf … nicht … einschlafen …

Ich konzentriere mich auf McPhees Nummernschild.

Hmmm … das ist zwar kein richtiges Wort, aber Zufall ist das auch nicht. Es muss etwas bedeuten.

Listiges Alien-Ekel Rettet Euch Rechtzeitig

Das passt!

»Okay, es reicht«, meint mein Dad. »Ab nach Hause. Das Eis schmilzt.«

Es ist so gut wie unmöglich, gegen diese Logik was anzubringen. Ich brauche ein gutes Gegenargument.

»Aber ich mag gar kein Eis!« Mist. Jetzt habe ich mich verraten.

»Was soll das, Ben?«

»Nur noch ein kleines Stück, Dad!«

»Ich drehe jetzt um, Ben. Wir können ein anderes Mal herumkutschieren.«

»Aber ich will nicht ein anderes Mal!«

Mein Dad will links fahren, gerade als McPhee rechts abbiegt.

Jetzt hängt alles von mir ab. Es geht um das Wohl der Menschheit. Also versuche ich es mit einer anderen Strategie.

»Pass auf, Dad! Da ist eine Spinne!« Ich greife ins Lenkrad und reiße es nach rechts herum. Wir biegen ab, genau wie geplant. Was ich allerdings nicht geplant hatte, war, dass wir in McPhees Wagen reinkrachen, der gerade in seine Einfahrt abgebogen ist.

KAPITEL 34

Crashtest-Dummy

Eigentlich rastet mein Dad nicht so schnell aus. Diesmal schon.

»BEN! Was SOLL das?!« Aus weit aufgerissenen, wütenden Augen sieht er mich an. Ich fühle mich echt mies. So sollte das nicht laufen.

McPhee steigt aus seinem Auto aus. Mein Dad schaut erst ihn an, dann mich. Mit einem Mal sieht er nicht mehr wütend aus, sondern nur noch traurig. Und mir geht es nur noch schlimmer.

Mein Dad steigt auch aus und stellt sich neben McPhee, der den Schaden inspiziert. Sie unterhalten sich und McPhee wirft einen Blick durch die Windschutzscheibe. Ich sinke tiefer in den Sitz, doch mir ist klar, dass es längst zu spät ist.

Ich sehe mich ängstlich um, kann aber nirgends Raumschiffe entdecken. Die muss er irgendwo anders versteckt haben. Echt schlau.

Mein Dad steigt wieder in den Wagen und berichtet, da wäre nur ein Kratzer, McPhee meine, das sei nicht weiter schlimm. Den Rest der Fahrt nach Hause verbringen wir in absolutem Schweigen.

Ich helfe Dad unaufgefordert dabei, die Einkäufe ins Haus zu tragen, und räume die Sachen sogar ein, was ich sonst nie tue. Ein so beharrliches Schweigen bin ich von Dad gar nicht gewöhnt.

Natürlich entgeht Erricah die Anspannung nicht, denn jetzt fängt sie an zu flüstern.

Schweigend essen wir unser Abendbrot, wobei Dad kaum einen Bissen anrührt. Zum Dessert bekommen Erricaa und ich das Eis.

Erickahh trifft sich anschließend mit einer Freundin, sodass Dad und ich allein sind. Ich verschwinde auf mein Zimmer. Mein Dad kommt kurz danach rein und setzt sich neben mir aufs Bett.

»Ben, ich habe Mr McPhee nichts davon gesagt, dass du mir ins Lenkrad gefasst hast. Ich hab das auf meine Kappe genommen. Wenn er nämlich wüsste, dass du das absichtlich getan hast, könnte man dich der Schule verweisen. Die Sache ist ernst.«

Natürlich ist sie ernst. Immerhin ist er ein fieses Alien!

»Deine Mutter ist auf Geschäftsreise, und jedes Mal, wenn sie weg ist, hat sie Angst, dass alles schiefgeht. Weißt du noch, wie Erica sich den Arm gebrochen hat? Da war deine Mom auch auf Geschäftsreise. Du machst das mit der Aktion heute nicht besser.«

Er legt eine kurze Verschnaufpause ein. »Ich muss wissen, was mit dir los ist, Ben.«

Eigentlich sollte ich jetzt nichts sagen, deshalb starre ich betreten zu Boden. Na ja, zumindest würde ich es tun, wenn der Boden zu sehen wäre.

»Mir ist egal, wie sehr du deinen Lehrer hasst oder wie unfair du ihn findest. Es gibt keine Entschuldigung für das, was du getan hast. Das war gefährlich. Was hast du dir bloß dabei gedacht?!«

Ich starre weiter nach unten. »Willst du die Geschichte hören von der Spinne auf der Straße?«

»Ich will keine Geschichte, Ben. Ich will die Wahrheit.«

»Ich wollte nur, dass wir ihm folgen! Ich wollte doch nicht in sein Auto krachen! Ehrlich!«

»Und warum wolltest du ihm unbedingt folgen?«

»Weil er ein … ein … ein interessanter Typ ist.«

Autsch, das tut weh.

Mein Dad scheint jetzt weniger wütend als besorgt. Oder ein bisschen was von beidem.

Später kriege ich zufällig mit, wie er mit meiner Mom telefoniert. Ich höre ihn Worte sagen wie *anders, abgelenkt, abwegigen Vorstellungen verfallen*.

Schon echt süß, dass sie sich in Alliterationen unterhalten.

Sie scheinen sich Sorgen zu machen meinetwegen, aber sie sind auf dem Holzweg. Ich bin kurz davor, unseren Planeten vor dem schrecklichsten aller extraterrestrischen Wesen zu retten. Sie werden schon noch sehen.

KAPITEL 35

Schräge Schwester

Ich habe Hausarrest.

Ganz brav übernehme ich Extraaufgaben im Haushalt, esse artig auf, spüle meinen Teller ab, räume ihn in die Spülmaschine, trage den Müll raus … ich mache echt alles![8] Ich bastle sogar eine Karte.

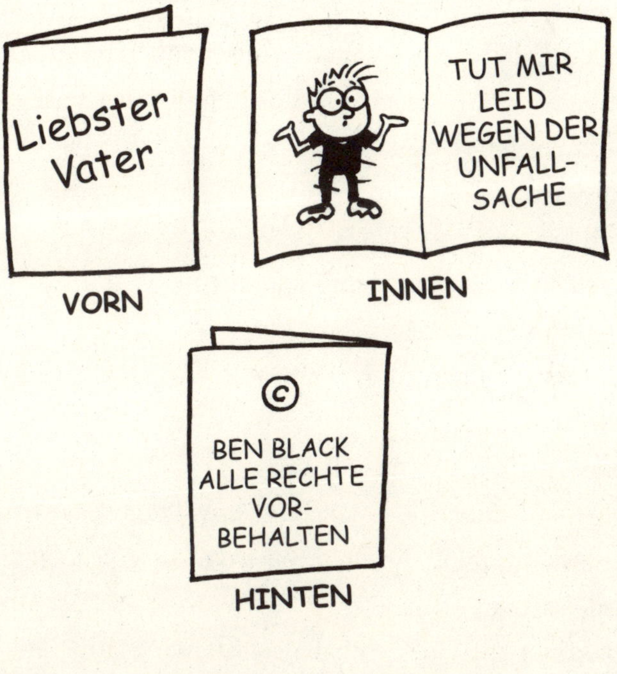

Hilft alles nichts. Ich sitze hier fest, ohne Computer, ohne Fernseher, ohne Freiheit. Die Rettung des Planeten muss warten.

8 Nur mein Zimmer räume ich nicht auf.

Als ich aufsehe, steht da Parker. Sie ist auf den Baum vor meinem Fenster geklettert. Die traut sich was.

»Hab gehört, du hast Hausarrest«, sagt sie, als ich sie reinlasse.

»Das hat sich ja schnell rumgesprochen.«

»Was war es denn diesmal?«

»Ich bin in McPhees Auto gekracht.«

»WAS??«

Ich erkläre ihr, wie es dazu kam.

»Ich hab's vermasselt«, sage ich. »Ich wollte ihn auf frischer Tat ertappen, wie er sein Raumschiff volltankt. Das ging total daneben.«

»Wurde jemand verletzt?«

»Nein, das nicht, aber ich habe gehört, wie meine Eltern davon geredet haben, mit mir zu einem Arzt zu gehen wegen meinem Kopf, dabei hab ich mir den doch gar nicht gestoßen.«

»Ben, versprich, dass du so was nie wieder tust.«

»Ich schwöre es. Aber hör dir das an …«

Ich weihe Parker ein und berichte von den ganzen Beweisen – McPhees Nummernschild, seiner Tarnung, dem Geheimcode im Vokabeltest, den Batterien, die er sich als kleinen Snack für zwischendurch besorgt hat –, alles erzähle ich ihr.

Ich mache mich schon mal darauf gefasst, dass Parker gleich wieder in ihre Psychologenrolle schlüpfen wird, stattdessen sagt sie nur: »Lass uns auf den Spielplatz gehen!«

»Aber ich hab Hausarrest«, erinnere ich sie.

»Was bist du denn für ein Angsthase?«

Also klettere ich mit Parker heimlich über den Baum nach draußen, denn als Angsthase lasse ich mich nicht verspotten.

Und ich denke, damit sollte das klargestellt sein.

Während mein Dad im Wohnzimmer ein kleines Nickerchen macht, düsen Parker und ich zum Spielplatz.

Doch statt auf der Schaukel abzuhängen, steigen wir rauf aufs Klettergerüst, die Wippe, die Rutsche … nichts lassen wir aus. Schon irgendwie ulkig, aber wir haben einen Mordsspaß! So viel Spaß hatte ich schon lange nicht mehr. Ich wippe sogar auf dem kleinen Raumschiff hin und her.

»Wetten, McPhees Raumschiff sieht genauso aus, nur größer«, sage ich.

»Weißt du noch, diese Psychologin, die ich für diese Hausarbeit interviewt habe?«, erkundigt sich Parker.

»Klar.«

»Ich hab ihr von dir erzählt. Sie meinte, du würdest dich nach einem sehr interessanten Fall anhören.«

»Bin ich ja auch.«

»Das stimmt. Ich mag dich. Du bist immer für ein Abenteuer gut.«

»*Abenteuer* ist mein zweiter Vorname.«

Hm, ist wohl schon eine Weile her, dass ich auf so einem Ding gesessen habe. Weil mir jetzt nämlich speiübel ist. Schnell stolpere ich rüber zum Mülleimer.

Da fällt mir auf, dass mich jemand beobachtet.

Und dann reihere ich los.

Oh nein! Hoffentlich denkt Analie jetzt nicht, ich hab ihretwegen gekotzt!

»Alles okay, Ben?«, will Parker wissen.

»Was hältst du eigentlich von Analie?«

»Von wem?«

»Der Neuen in unserer Klasse. Du weißt schon, die, die so still ist und im Unterricht ganz hinten sitzt. Sie steht da drüben hinter dem Baum.«

»Vor einer Sekunde war sie noch da«, erkläre ich hastig.

Parker legt mir die Hand auf die Schulter. »Manchmal sind da Menschen in unserem Leben, *echte* Menschen, die sich von uns entfernen, aber in Wirklichkeit wollen sie, dass wir ihnen folgen.«

Damit dreht sie sich um und geht davon.

Parker hat mir da gerade ein deutliches Signal gesendet. Ich gehe auf den Baum zu.

Analie muss hier irgendwo sein. Ich überquere die Straße, biege um die Ecke, und auf einmal stehe ich einem Mädchen gegenüber, aber es ist nicht Analie.

Und sie ist nicht allein!

Ericccca ist *gar* nicht glücklich, mich zu sehen. »Was hast du hier zu suchen, Ben? Du hast doch HAUSARREST!«

»Was tust DU hier mit DEM?!«, schleudere ich zurück. »Du hast Mom und Dad doch versprochen …«

»Ben, sag bloß Mom und Dad nichts davon!«

Ich ziehe sie zur Seite. »Was siehst du bloß in ihm, Erickha? Er ist ein Schlägertyp! Ein absoluter Taugenichts!«

»Das verstehst du nicht. Halt einfach die Klappe!«

»Was, wenn nicht? Ich hab keine Angst vor dir.«

Pfirsichflaum kommt nun näher, spuckt auf den Boden und sagt: »Vielleicht haste ja Schiss vor mir.«

Da ist was dran. Ich hab tatsächlich Schiss vor ihm.

»Das ist eine Sache zwischen Ben und mir«, meint Errika.

»Mach dir keinen Kopp«, versichert Pfirsichflaum. »Ich weiß, wie man mit so ’ner Situation umgeht.«

Grob packt er meinen rechten Zeigefinger.

»Ein Vögelchen hat mir gezwitschert, dass du gerne zeichnest, Schlaumeier. Wäre ’ne Schande, wenn deiner Zeichenhand wat passiert.«

»Lass ihn in Ruhe, Randy«, sagt Erikca.

»Der braucht ma ’ne ordentliche Lektion«, mault Pfirsichflaum.

»Ich SAGTE: Lass ihn in Ruhe.«

»Genau, lass mich in Ruhe.« Kommt nicht oft vor, dass meine Schwester und ich einer Meinung sind.

Doch Pfirsichflaum will meinen Finger nicht loslassen. Er fängt an, ihn zu verdrehen.

Dann lässt er plötzlich doch los. Nicht bewusst, sondern weil meine Schwester ihm einen Tritt verpasst hat, dorthin, wo es jeden Kerl am meisten schmerzt. Pfirsichflaum kippt um wie ein Sack Pfirsiche. Hab ich schon erzählt, was für ein Ass meine Schwester beim Fußball ist?

Erica sieht sich meinen Finger an. Ich versichere ihr, dass alles in Ordnung ist, aber irgendwie tut er weh. Wir gehen zusammen nach Hause und lassen Pfirsichflaum stöhnend und ächzend auf dem Gehsteig liegen.

Erica verspricht mir, mit keinem Wort zu erwähnen, dass ich mich heimlich aus dem Haus geschlichen habe.

»Und ich gebe dir mein Indianerehrenwort, dass ich keinen Ton über deinen Freund sage«, murmle ich.

»Ich habe keinen Freund mehr«, sagt sie und spuckt in hohem Bogen auf den Boden.

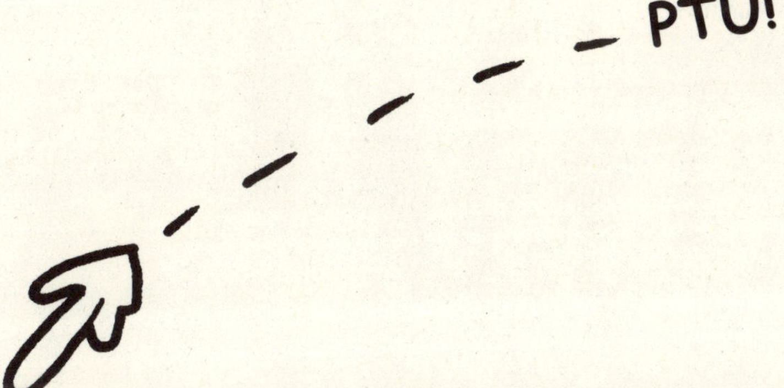

KAPITEL 36

Schlimmer Finger

»Was ist denn mit deinem Finger los?« Mom ist zurück von ihrer Geschäftsreise und weiß sofort, dass mit meiner Hand was nicht stimmt.

Sie ist wie ein Spürhund.

Erica sieht so aus, als wolle sie was sagen, also platze ich hastig heraus: »Ich hab ihn mir verstaucht, als ich mir eine Fliege aus der Nase popeln wollte.« Ich wünschte, mir wäre was Originelleres eingefallen.

»Wir gehen zum Arzt, Ben.«

Schon ruft meine Mom in der Praxis an, um sich zu erkundigen, ob man mich gleich drannehmen kann.

Im Wartezimmer blättere ich ein paar Magazine durch. Es sind immer noch dieselben wie beim letzten Mal.

Das sehe ich doch gleich.

Ich halte gerade Ausschau nach ein paar Publikationen neueren Datums, als ich jemanden auf der anderen Seite des Zimmers bemerke.

Analie! Sie sitzt ganz allein da, und auf einmal ist es mir ultrapeinlich, dass ich mit meiner Mom hier bin. Ich muss mir unbedingt eine Zeitschrift von da drüben holen! Ich gehe ganz nah an sie heran und werfe einen Blick auf das, was sie liest. Es ist eine Ausgabe des *Leute*-Magazins, das ich hier noch nie gesehen habe.

Muss neu auf dem Markt sein.

Ich nehme all meinen Mut zusammen und sage: »Hi. Wir kennen uns zwar kaum, aber ich finde dich sehr interessant. Wollen wir mal was zusammen unternehmen?«

So klang es zumindest in meiner Vorstellung. Was dann aber aus meinem Mund kam, klang eher nach: »Gnkmlwszun.«

Analie sieht mich ausdruckslos an und sagt: »Sei gegrüßt.«

Ich versuche es erneut. »Was für eine schöne Stimme du hast. Singst du? Du solltest singen. Möchtest du mich mal besuchen? Dann könnten wir zusammen Musik hören?«

Doch alles, was mein Mund zustande bringt, ist: »Walla walla.«

Ich höre, wie die Sprechstundenhilfe meinen Namen aufruft. »BLACK. BEN BLACK.« Zu blöd aber auch. Dabei lief das Gespräch doch so gut. Ich winke Analie zu, doch sie starrt mich nur an und schreibt etwas in ihr Notizbuch.

Bevor die Ärztin sich meinen Finger ansehen kann, muss sie die Bandagen entfernen, die meine Mom angelegt hat.

Dann hält mir die Ärztin das Stethoskop an die Brust und hört mein Herz ab. Ich wüsste nicht, was das mit meinem Finger zu tun haben könnte. Dann legt sie das Stethoskop auch noch an meinen Rücken. Wer hat denn bitte hinten auch noch ein Herz? Doch langsam dämmert mir, was hier abgeht. Sie will sich nur überzeugen, ob mein Herz überhaupt an der Stelle ist, wo es bei einem Menschen sein soll! Sie hält Ausschau nach Aliens, genau wie ich! Ich halte den Daumen hoch.

Dann befestigt sie eine Schiene an meinem Finger.

KAPITEL 37

Der Wettbewerb

Wegen der Schiene kann ich mir nicht mal die Schnürsenkel binden. Außerdem muss ich mit links schreiben. Aber das Schlimmste ist, dass mir das Zeichnen wehtut!

Parker interessiert sich sehr für meine Schiene. Roongrat meint: »Wusstest du, dass die Ganzkörperschienen entwickeln?«

Doch die tolle Neuigkeit ist, dass heute Montag ist! Heute werden sämtliche Wandgestaltungs-Vorschläge ausgestellt und dann dürfen alle abstimmen! Mein »Rettet die Erde«-Beitrag muss gewinnen, zum Wohle der Menschheit. Ich drücke die Daumen. Autsch. Keine gute Idee. Wegen der Schiene.

Alle versammeln sich vor der Wand mit den Vorschlägen.

Da sind Schüler und Lehrer und sogar ein paar Eltern.

»Ich kann es kaum erwarten zu sehen, was Simon gemalt hat«, meint Roongrat aufgeregt.

Die Leute stimmen ab und Miss Ortiz sammelt die Wahlzettel ein. Ich dränge mich vor zur Wand. Simons Beitrag ist leicht zu finden.

»Cool!«, sagt Roongrat. »Simon hat es wieder mal geschafft!«

Ja, er hat es wieder mal geschafft, das kann man wohl sagen.

Ich sehe mir den Rest der Wettbewerbsbeiträge an. Alles Amateure. Carlos hat einen Superhelden gezeichnet, Lynn hat ein paar Blümchen gemalt, Nikki ein Rennauto, Jen eine Schildkröte, Stephen … Hey, Moment mal! Wo ist denn mein Vorschlag? Mein »Rettet die Erde«-Bild ist nicht dabei!

Es kann nur eine Erklärung geben. McPhee! Er sollte meinen Entwurf doch einreichen, das hat er offensichtlich nicht getan! Mit blanker Absicht! Warum? Weil er ein Alien ist und die Erde gar nicht retten *will*! Warum bloß habe ich das Bild ausgerechnet ihm gegeben?!

Da sagt Roongrat: »Ben, ich habe dein Bild gefunden.«

Puh, es ist also doch da. Wie konnte ich es nur übersehen? Ich folge Roongrats ausgestrecktem Zeigefinger und sehe auf die Stelle, auf die er deutet.

Oh nein, nein, nein, nein, nein, nein, nein! Das ist doch dieses Gekritzel, das ich Miss Ortiz gegeben habe! Sie dachte, ich hätte das für den Wettbewerb eingereicht!

Simon klopft mir auf die Schulter. »Wow, Ben! Ich bin viiiiieeel besser als du. Ha, ha!«

Mir ist übel.

Kotzübel.

KAPITEL 38

Welt am Abgrund

Als alles vorbei ist, ruft Miss Ortiz Simon als den Sieger des Wettbewerbs aus. Natürlich hat er haushoch gewonnen. Simon führt wieder seinen unerträglichen Siegestanz auf. In der extralangen Version.

Ich ernte nur mitleidige Blicke, während Simon von allen Seiten abgeklatscht wird. Nur nicht von mir.

Den ganzen Weg nach Hause bin ich wie weggetreten.

Daheim sehe ich auf dem Küchentresen eine Tüte Luftballons liegen. Ich puste einen auf und male mit Edding ein Gesicht drauf.

Dann hole ich eine Nadel aus Mamas Nähkästchen.

Das wiederhole ich noch ein paarmal.

Jerome hilft mir freudig dabei.

Simon hat mich geschlagen. Das tut weh, aber es ist nicht mal das Schlimmste an der Sache. Ich habe noch einen Ballon übrig und auf den male ich etwas anderes.

Mein großer Plan ist in die Hose gegangen. Wenn ich jetzt nicht schleunigst was unternehme …

KAPITEL 39

KAFFEE-HIGH

Erica kommt mit einem Super Grande Mokka Cappuccino Latte Coffee Doppel Espresso Swirl nach Hause. Mit Schlagsahne obendrauf. Den hätte ich gern. Sie sagt Nein. Ich ziehe eine beleidigte Schnute und halte ihr Mitleid heischend meine Schiene unter die Nase.

Schuldgefühle sind ein sehr gutes Druckmittel.

Normalerweise trinke ich ja keinen Kaffee, aber ich habe gehört, das puscht. Und das könnte ich jetzt gut gebrauchen, weil ich nämlich ziemlich am Boden zerstört bin. Ich muss mir dringend was überlegen, um meinen Alien-Lehrer aufzuhalten, und ich bin überzeugt, dass dieser Kaffee mir dabei helfen wird.

Ich trinke die Hälfte.

Es funktioniert! Sofort kommt mir die krass geniale Idee!

Dazu brauche ich bloß ein bisschen Cash.

Ich linse in Ericas Zimmer, setze wieder meine Leidensmiene auf und zeige ihr erneut meine Schiene. »Ich wünschte, ich hätte ein bisschen Bares.«

»Übertreib's mal nicht«, sagt sie und knallt mir mit einem Fußtritt die Tür vor der Nase zu.

Weiter mit Plan F.

F steht in dem Fall für Froschspardose.

Ich habe die größeren Münzen bereits für was anderes ausgegeben.[9] Also werden meine Notgroschen herhalten müssen.

9 Süßkram.

Mein Arrest ist vorbei, deshalb kann ich das Haus jetzt wieder ganz legal verlassen. Schätze, dass ich beim Wandgestaltungs-Wettbewerb verloren und mir den Finger verstaucht habe, wurde mir als mildernde Umstände angerechnet, die meine Strafe verkürzten. Außerdem haben meine Eltern für mich einen Termin bei einer Art Gehirndoktor vereinbart, da kann ich ihnen noch so oft versichern, dass mit meinem Kopf alles in Ordnung ist. Mir tut doch bloß der Finger weh.

Die Hosentaschen voll mit Münzen, mache ich mich auf den Weg in die Stadt, um alles zu besorgen, was ich zur Rettung der Welt brauche.

KAPITEL 40

Entfesselungskünstler

Es ist schon spät, als ich den restlichen Kaffee in einem Zug hinunterstürze.

Jetzt ist die Zeit gekommen.

Der richtige Zeitpunkt zählt.

Die Zeit ist auf meiner Seite.

Es gibt keinen besseren Zeitpunkt als jetzt.

Zeit, das Rad ins Rollen zu bringen.

Höchste Zeit.

Es ist an der Zeit, Nägel mit Köpfen zu machen.

Auf Zehenspitzen schleiche ich am Zimmer meiner Schwester vorbei. Die Tür ist einen Spaltbreit geöffnet, doch sie bemerkt mich nicht, weil sie fernsieht. Und am Telefon hängt. Und was am Computer macht. Und nebenbei ihre Hausaufgaben erledigt. Und Musik hört. Und einen Happen isst. Und sich die Nägel lackiert.

Meine Mom ist wieder mal auf Geschäftsreise, daher muss ich mir nur wegen meines Dads Gedanken machen. Er sitzt im Wohnzimmer vor dem laufenden Fernseher. Und schläft.

Leise will ich mich an ihm vorbeistehlen.

Na toll. Er sagt doch nie, dass er wach ist, wenn er es tatsächlich ist. In Wahrheit ist das so ein Reflex von ihm, wenn er tief und fest schläft. Die Luft ist also rein.

Ich husche zur Haustür raus und mache mich auf den Weg in Richtung Schule.

Alles ist dunkel und totenstill, aber in erster Linie dunkel.

Meine Ausrüstung habe ich mir vorne in die Hose gestopft, deswegen sieht mein Gang so ulkig aus. Ich komme an Roongrats Haus vorbei, doch da brennt kein Licht. Die meisten Häuser sind dunkel und jede zweite Straßenlaterne ist aus.

Ich bin schon unzählige Male hier entlanggegangen, aber noch nie so spät in der Nacht.

Mutterseelenallein.

Als ich Schritte höre, bleibe ich wie angewurzelt stehen. Keine Schritte mehr. Ich sehe niemanden, weder vor noch hinter mir, also waren es vermutlich meine eigenen Schritte, die ich gehört habe.

Ich gehe weiter.

Jede einzelne Bewegung ist überdeutlich zu hören, wenn alles um einen herum mucksmäuschenstill ist. Als ein Auto vorbeibraust, tue ich so, als wäre ich ganz entspannt. Irgendwo in der Ferne bellt ein Hund.

Am liebsten würde ich kneifen und wieder nach Hause rennen, aber ich habe ja bereits bewiesen, dass ich kein Angsthase bin. Und außerdem habe ich schon den halben Weg geschafft und ich befinde mich auf einer wichtigen Mission. Leopardenblick!

Endlich stehe ich vor der Schule, ich lege meine Hand an die Wand des Gebäudes. Sie wird meine Leinwand sein. Mein »Rettet die Erde«-Gemälde wird die gesamte Vorderseite der Schule bedecken.

Den Entwurf habe ich im Gedächtnis abgespeichert.

McPhee ist ein ALIEN!
RETTET DIE ERDE!

Das übersieht keiner! Wenn das nicht Schlagzeilen macht, weiß ich es auch nicht. Ich werde die Welt mit meiner Kunst verändern, genau wie es von einem Künstler erwartet wird.

Ich hole meine Utensilien heraus: zwei Dosen Sprühfarbe. Ich drücke mit dem unverletzten Finger auf den Sprühknopf und schon kann's losgehen.

Das ist ja schwerer, als ich dachte. Ich brauche eine Leiter, um weiter hoch zu kommen. Außerdem sehe ich kaum was.

Der Plan ist leider nicht ganz so gut durchdacht. Ich könnte Hilfe gebrauchen.

»Spät unterwegs, Schlaumeier.«

Pfirsichflaum?! Was hat der denn hier zu suchen? Er reißt mir die Sprühdose aus der Hand.

»Suchst wohl Ärger, wat, Schlaumeier? Von mir kannste Ärger kriegen. Deine Schwester is nich da, um auf dich aufzupassen.«

Er sieht die Schiene und grinst. »Wie geht's dem Fingerchen?«

»Gut«, sage ich. »Wie geht's deinen …«

»SCHNAUZE!«, raunzt Pfirsichflaum und schubst mich. Hilflos torkele ich rückwärts und verliere dabei meine Brille. Ich tappe in der Dunkelheit herum und suche sie. Wie bin ich bloß auf die blöde Idee gekommen? Warum streune ich hier mitten in der Nacht herum? Warum?! Ah, der Kaffee. Logo, der Kaffee ist schuld.

Dann höre ich es. »UAAIAAAAH!« Es ist nur ganz undeutlich zu hören, aber ich wette, Pfirsichflaum wird von einem wilden Tier attackiert! Wahrscheinlich von einem tollwütigen Waschbären. Schreiend läuft er durch die Gegend und versucht, sich das Ding vom Gesicht zu zerren. Gerade rechtzeitig setze ich meine Brille wieder auf, um zu sehen, wie Pfirsichflaum in eine Mülltonne kracht.

Pfirsichflaum dreht sich um und kommt auf mich zu. Seine Klamotten sind total zerfetzt, sein Gesicht ist voller Schrammen, und in seinen Augen liegt ein irrer Ausdruck! Hat er jetzt die Tollwut? Was hat er mit mir vor?

Doch wie aus dem Nichts ist Pfirsichflaum plötzlich in ein grellweißes Licht getaucht. Er steht da wie versteinert und sieht aus wie eine Statue.

Im Schein des Lichts tauchen zwei Gestalten auf und ich vernehme eine sonderbare Stimme.

Die Aliens sind da!

»Keine Bewegung!«

Ich korrigiere. Die Polizei ist da! Und sie nehmen Pfirsichflaum wegen Vandalismus fest. Auch wenn er wieder und wieder beteuert, dass er unschuldig ist. Nur hatte er blöderweise diese Spraydose in der Hand, deshalb sieht es gar nicht gut für ihn aus.

Ein Polizeibeamter legt ihm Handschellen an, der andere sichert die Dosen als Beweisstücke.

»Randy Eggman, ich hätte es wissen sollen!«, sagt einer der Cops. »Wolltest wohl deine Initialen am Schulgebäude hinterlassen?«

Ich liege immer noch am Boden, zum Glück im Schutz des Schattens. Bevor ich aber davonkriechen kann, höre ich, wie Pfirsichflaum mit Folgendem rausplatzt: »WAR DIE SCHULD VON DEM TYPEN DA!«

Und im nächsten Moment erfasst mich auch schon das Licht einer Taschenlampe.

»HIERGEBLIEBEN!«

Ich halte an.

»Und jetzt ganz langsam aufstehen.«

Ich kenne diese Stimme. Das ist Officer Pickels.

»Ben?« Er wirkt überrascht und hilft mir auf. »Bist du dafür verantwortlich?«

Mist.

»Ja«, gebe ich kleinlaut zu. »Das war ich.«

»Bist du derjenige, der das hier der Polizei gemeldet hat?«

»Öhm …«

»Vielleicht hast du ja doch das Zeug zum Polizisten! Aber Ben, du solltest besser nicht allein auf Verbrecherjagd gehen. Das ist nicht ganz ungefährlich. Überlass das lieber uns Profis.«

»Ja, Sir.«

»Du solltest zu Hause im Bett liegen. Komm, ich bring dich heim.«

»Nein, danke.«

»Oh doch, ich bestehe darauf.«

Pfirsichflaum wird in einem Polizeiwagen abtransportiert und ich darf im anderen mitfahren. Endlich kriege ich, was ich mir schon immer gewünscht habe: einmal in einem Polizeiauto mitzufahren. Ich sitze bequem auf der Rückbank, wo normalerweise die Festgenommenen landen.

Ich bin ein bisschen aufgeregt und schaue aus dem Fenster. Einen kurzen Augenblick denke ich, ich sehe Analie aus dem Dunkeln zu mir rüberstarren.

Das Polizeiauto steuert auf unser Haus zu, während das Fahrzeug mit Pfirsichflaum in Richtung Polizeirevier abbiegt.

Ich kann mir lebhaft ausmalen, wie Pfirsichflaum in eine Zelle gesperrt wird.

POLIZEI-NEWS

An der örtlichen Schule kam es zu einer Anzeige wegen Vandalismus. Als die Polizei dort eintraf, stellten die Beamten einen männlichen Jugendlichen mit einem Pfirsichflaum-Bärtchen und zwei Dosen Sprühfarbe in der Hand. Die Initialen des jugendlichen Täters waren bereits an das Gebäude gesprüht. Er wurde festgenommen und später in ein Krankenhaus gebracht, wo er sich einer Reihe extrem schmerzhafter Impfungen unterziehen musste, weil er offenbar diverse Male von einem tollwütigen Waschbären gebissen worden war.

KAPITEL 41

Etwas fehlt

Zum Glück konnte ich Officer Pickels davon überzeugen, mich vor dem Haus abzusetzen, statt mich nach drinnen zu eskortieren und meinen Dad zu wecken. Ein Gefallen, den er mir quasi unter Kollegen in der Verbrechensbekämpfung getan hat, schätze ich.

Er wartet, bis ich im Haus bin, ehe er losfährt. Die Haustür ist nicht ganz geschlossen, deshalb kann ich mich leise reinstehlen. Wieder versuche ich, an meinem Dad vorbeizuschleichen, knalle aber auch diesmal gegen den Tisch.

Was für eine Nacht.

Hundemüde krieche ich ins Bett, kann aber nicht einschlafen. Das liegt wohl zum Teil am Kaffee, doch der eigentliche Grund ist der, dass irgendwas fehlt.

Jerome.

Der schläft nachts sonst immer auf meinem Kopf. Immer. Wo ist dieser verrückte kleine …

Die Haustür! Ich hatte vergessen, sie ganz zu schließen, als ich ging! Jerome ist abgehauen!

An Schlaf ist jetzt nicht zu denken. Ich muss was unternehmen! Ich muss ihn finden! Er könnte ja überall sein!

Flugblätter. Ich muss Flugblätter entwerfen.

Okay, als Erstes brauche ich ein Foto von Jerome, also gehe ich meine Fotos durch.

Leider finde ich kein einziges gutes, also reiße ich mir die Schiene vom Finger. Mir egal, wie scheißweh das tut, ich *muss* zeichnen.

KATZE WEG!
BITTE, BITTE HILFE!
Name: JEROME
Job: BESTER FREUND
Eigentlich total lieb, aber NICHT HOCHHEBEN, SONST IST DAS IHR TOD!
TEL: 555-555-5556

KAPITEL 42

Der Spaziergang

Oh nein! Ich hab verschlafen! Hastig wechsle ich meine Klamotten, stopfe mir die Flyer in den Rucksack und stürze die Treppe runter.

Mein Dad liegt immer noch komatös im Wohnzimmer. Ich fasse es nicht, wie spät ich dran bin! Keine Zeit mehr fürs Frühstück.

Ich haste nach draußen und hoffe, Jerome irgendwo zu entdecken, doch keine Spur von ihm, nirgends.

Ich hänge die Flugblätter auf dem Weg zur Schule auf. Schnell renne ich zum nächsten Telefonmasten und …

Moment, ich hab ihn gesehen! Jerome! Er kommt gerade über die Straße auf mich zu und *da nähert sich ein Auto*! Mir bleibt keine Zeit zum Nachdenken, ich muss handeln, also werfe ich meinen Rucksack nach ihm, um ihn von der Fahrbahn zu scheuchen. Doch kaum habe ich das Ding losgelassen, wird mir eines klar: Das ist nicht Jerome.

Das verschreckte Eichhörnchen flitzt davon, während das heranfahrende Fahrzeug meinen Rucksack erfasst.

Die Dame in dem Auto bremst kurz ab, um eine unfreundliche Geste zu machen.

Um mich herum flattern Papierfetzen zu Boden, mein Mathebuch ist in zwei Hälften zerrissen, meine Hausaufgaben ziert eine Reifenspur und die ganzen Katzenflyer sind zerfleddert!

Was für eine Katastrophe! Ich gebe mir alle Mühe, nicht die Nerven zu verlieren, und klaube auf, was ich in die Finger kriege. Ich werde von vorbeifahrenden Fahrzeugen angehupt, während ich mein Zeug in die Überreste meines Rucksacks stopfe.

Als ich einen zerrissenen Flyer aufhebe, starrt mich die Zeichnung von Jerome an. Dann schaue ich runter auf meine Klamotten. Zum ersten Mal seit Langem sind da keine Katzenhaare drauf.

Und mir wird bewusst: Jerome ist tatsächlich weg.

Ich gebe auf. Den Kopf in die Hände gestützt, sitze ich am Bordstein und sehe zu, wie der Wind die Papierfetzen fortweht. Wen kümmert's? Mich jedenfalls nicht. Mir ist alles egal.

Dann reicht mir jemand einen Stapel Papiere.

Ich sehe auf und da ist Analie!

Rasch nehme ich ihr die Fetzen ab, als ich sehe, was da ganz oben liegt.

»Vielen Dank«, sage ich und stopfe alles in meinen ramponierten Rucksack.

»Sei gegrüßt, Mensch«, sagt Analie.

Fällt dir was auf? Ich angle die Liste mit meinen Zielen aus der Tasche und hake blitzschnell einen Punkt ab.

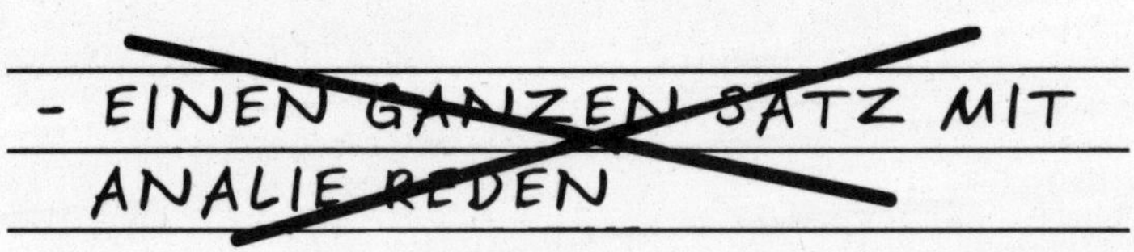

KAPITEL 43

Analie

Analie hilft mir dabei, die letzten Sachen aufzusammeln, dann gehen wir gemeinsam weiter zur Schule. Sie verrät mir ihren Nachnamen, aber der ist schwer auszusprechen. Fängt mit *N* an.

Ich erzähle ihr von Jerome und zeige ihr die Zeichnung, die ich angefertigt habe. Die Gefühle überwältigen mich. Da kann man die ganzen anderen peinlichen Dinge, die ich so gemacht habe, echt vergessen – dass ich jetzt vor Analie flenne, ist das Schlimmste.

Während wir so dahintrotten, notiert sie sich ständig irgendwelche Sachen. Ihre Stimme klingt monoton und sie scheint nie zu blinzeln. Finde ich irgendwie süß. Außerdem sieht es so aus, als fände sie mich interessant, was ich natürlich noch besser finde.

Ich erzähle ihr alles Mögliche. Erwähne sogar, dass es da etwas gibt, worüber ich nicht wirklich reden kann, und dass die Erde in großer Gefahr schwebt. Sie nickt, als wüsste sie Bescheid. Ich wette, sie hat McPhee ebenfalls in Verdacht. Weil sie nämlich so ein helles Köpfchen ist wie ich.

Analie N. erzählt, dass sie eigentlich von sehr weither kommt. Ich könnte mir vorstellen, dass sie Montana meint. Sie erzählt mir außerdem, dass ich der einzige Mensch sei, der sie sehen kann. Wie nett, dass sie das sagt.

Wir kommen beide zu spät zur Schule, doch aus irgendeinem Grund muss ich als Einziger nachsitzen. McPhee registriert Analie noch nicht mal, so verblendet ist er durch seinen Hass auf mich.

KAPITEL 44

Tag der Entscheidung

In der Mittagspause sitze ich mit Analie zusammen und unterhalte mich mit ihr, während Parker und Roongrat mir schiefe Blicke zuwerfen.

»Nach-dem-heutigen-Tag-wirst-du-mich-nicht-wiedersehen«, sagt Analie gerade.

»Wieso, ziehst du um?«, frage ich.

»Meine-Mission-geht-zu-Ende.«

Schätze, das heißt, sie zieht dorthin zurück, woher sie ursprünglich kommt. Leute aus Montana haben eine seltsame Art, Dinge zu formulieren, scheint mir.

Endlich habe ich mir ein Herz gefasst und mit Analie geredet und jetzt geht sie wieder weg. Nach dem Essen habe ich das Gefühl, dass sie mich besser kennen muss als irgendwer sonst, abgesehen von Parker vielleicht.

Ich sehe, wie Simon mit ein paar Pinseln an uns vorbeigeht.

»Höchste Zeit, dass ich mich an die Arbeit mache und mit dem Wandgemälde anfange!«, sagt er laut genug, damit alle es mitkriegen.

Ich blicke mich nach Analie um, doch sie ist verschwunden. Dabei hat sie sich noch nicht einmal verabschiedet.

Auf dem Weg in den Unterricht begegne ich Simon noch einmal. Er starrt an die Wand, ein Auge zugekniffen, und hält den

Daumen hoch wie ein echter Künstler. Das ist eigentlich die Stelle, an der ich McPhee hätte entlarven sollen. Mithilfe dieser Wand hätte ich die Welt vor ihrem Untergang gerettet! Ich sollte sie bemalen, nicht Simon, die Schnarchnase.

Nicht nur mein Rucksack fällt auseinander, nein, mein ganzes Leben. Da passt es wunderbar, dass der Tag auch noch mit Nachsitzen endet.

Ich starre McPhee an, der wiederum auf seinen Computer starrt. Sie haben gewonnen, McPhee. Ich kann die Erde nicht retten. Mein Leben ist ohnehin gelaufen.

Ich hatte keinen Krümel zum Frühstück oder zum Mittagessen, und allmählich merke ich, was für einen Riesenhunger ich habe. Also durchwühle ich das, was von meinem Rucksack übrig ist, auf der Suche nach dem Süßigkeitenvorrat für den Notfall. Nichts.

Liegt wohl alles noch auf der Straße.

Toll. Ich kriege bloß einen alten, zerkrümelten Glückskeks in die Finger. Die Brösel esse ich direkt aus der Verpackung und sehe mir dann meinen Spruch an.

Deine Fantasie führt dich auf eine falsche Fährte.

Irgendwie passen diese Glückskeks-Sprüche doch nie.

Auf einmal ist auf dem Flur ein lauter Tumult zu hören. McPhee wirft einen Blick durch das Fenster in der Tür, dann sieht er wieder mich an.

»Versprich mir, dass du an deinem Platz bleibst«, sagt er in ernstem Ton.

Ich nicke artig.

»Gib mir dein Wort, Ben.«

Ich gebe ihm mein Wort.

McPhee verlässt das Zimmer und schließt die Tür hinter sich. Was wohl da draußen los ist? Aber egal, wichtiger ist jetzt, dass er mich endlich mit seinem Computer allein lässt! Es ist so weit! Meine vermutlich letzte Chance, die Welt zu retten!

Doch ich musste ihm das Versprechen geben, an meinem Platz zu bleiben, und ich halte mein Wort in der Regel schon.

Jetzt sitze ich vor seinem Computer, doch er war wieder mal schlauer als ich. Ich brauche ein Passwort, um da reinzukommen!

Okay, Ben, versuch zu denken wie McPhee. Was für ein Passwort würde er benutzen?

IchHasseBen

SeheAusWieSchildkröte

ErdeVernichten

BinGroßerAlienArsch

IchHasseBenTotal

BatterienSchmeckenLecker

Leider kein Glück.

Dann wird mir bewusst, dass ich das völlig falsch angegangen bin. Wenn ich wirklich denken will wie McPhee, muss ich mir das einfallsloseste, abgedroschenste Passwort aller Zeiten ausdenken.

PASSWORT

Ich bin drin.

Und da ist sie. Die NICHT-ÖFFNEN-Datei!

Ich hole tief Luft.

Zum zweiten Mal mache ich die Datei auf.

Wieder sticht mir das Wort *Auslöschung* ins Auge.

Ich lese weiter und sehe Vokabeln, Hausaufgaben, Testvorlagen …

Moment! War McPhee deswegen sauer auf mich, als ich auf seinem Computer herumgeschnüffelt habe? Er dachte, ich will bescheißen, indem ich mir die Lösungen für den Test besorge? Das steckte dahinter, mehr nicht?

Okay, warte. Ich sehe da noch was.

GEHEIME PLÄNE ZUR INFILTRIERUNG UND ENDGÜLTIGEN AUSLÖSCHUNG DER ERDE

KAPITEL 45

Der Beweis

Da sind Landkarten und Fotos und Pläne, zum Teil in einer fremden Sprache. Es gibt Schritt-für-Schritt-Anleitungen, wie Aliens sich am besten als Menschen ausgeben, um unser Vertrauen zu gewinnen. Da finden sich sogar detaillierte Hinweise, wo die Raumschiffe die Erde angreifen wollen und wann!

Nämlich morgen!

Ich gehe auf drucken und der Drucker in der Ecke fängt sofort an zu rattern. Immer noch auf meinem Stuhl sitzend, rutsche ich rüber und schnappe mir die Seite, kaum ist sie ausgedruckt.

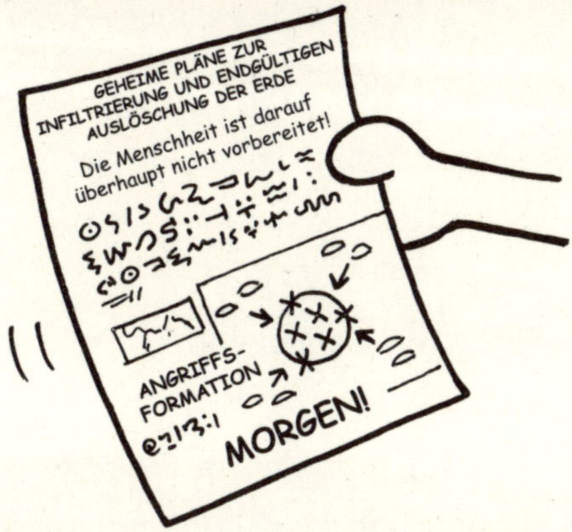

Im Flur ist es plötzlich mucksmäuschenstill. Wahrscheinlich kommt McPhee gleich zurück! Wenn er sieht, was ich getan habe, weiß ich nicht, was er mir antun wird. Kann alles sein, von einem Monat Nachsitzen bis hin zur endgültigen Vernichtung!

Schnell rutsche ich mit meinem Stuhl wieder quer durchs Zimmer zurück. Dann fängt der Drucker abermals zu rattern an. Oh nein! Der druckt noch eine Seite, und mir bleibt keine Zeit, sie rauszuholen! Das Geräusch verstummt, gerade als McPhee zur Tür hereinkommt.

Er hat Blut auf seinem Hemd! Hat die Invasion bereits begonnen? Er steuert direkt auf mich zu und ich halte die erste Seite seines supergeheimen Angriffsplans in den Händen. Seite zwei liegt direkt dort im Drucker. Ob der wohl noch eine Seite ausspuckt? McPhee wirkt nicht allzu glücklich, liefert aber keinerlei Erklärung für das, was geschehen ist.

In diesem Moment ertönt eine knisternde Stimme. Sie scheint direkt aus dem Himmel zu kommen. Es ist Miss Ortiz, die eine Lautsprecherdurchsage macht.

»Bens Eltern sind hier, Mr McPhee. Er hat einen wichtigen Termin. Sie möchten ihn doch bitte entschuldigen.«

Meine Eltern! Sie müssen irgendwie gespürt haben, dass ich Hilfe brauche!

McPhee baut sich schwer keuchend vor mir auf und sagt mit extrem leiser Stimme: »Geh.«

»Ja, Sir!« Schluck! Ich sage doch sonst nie *Sir* zu ihm! Jetzt weiß er, dass ich ihm auf die Schliche gekommen bin! Ganz gemütlich klaube ich meine Sachen zusammen und verlasse dann gemächlich den Klassenraum. Dann schlendere ich ganz entspannt den Flur entlang. Seine Pläne halte ich krampfhaft umklammert. Gerade will ich ganz lässig in den Laufschritt verfallen, als mir jemand den Weg verstellt.

»Ich-will-dass-du-sofort-stehen-bleibst«, sagt Analie.

»Nicht jetzt! Sonst jederzeit, aber jetzt nicht!«

»Was-hast-du-da-in-der-Hand-Mensch?«

»Ein Geheimdokument, das alle Welt sehen muss!«

Sie blickt mir in die Augen. »Kannst-du-zwei-Dinge-gleichzeitig-halten?«

Erst da fällt mir auf, dass auch sie etwas in der Hand hat. Es ist …

»Ich-habe-diese-Kreatur-auf-deinem-Flugblatt-erkannt.«

Jerome!

Ich war dermaßen beschäftigt mit Fliehen, dass ich ihn gar nicht wahrgenommen habe!

Ach ja, ich bin auf der Flucht! Schnell schnappe ich mir den Kater und danke Analie ungefähr ein Dutzend Mal. Dann küsse ich Jerome auf die Stirn und tue das Gleiche bei Analie.

Habe ich das jetzt ernsthaft gemacht?

»Km mt mr!«, murmle ich undeutlich, weil ich das Papier im Mund habe, damit ich sie an der Hand nehmen kann. Doch sie ist schon wieder verschwunden.

Ich höre McPhees polternde Stimme aus dem Klassenzimmer rufen. »BEN! KOMM SOFORT ZURÜCK!«

Ich denke nicht, McPhee.

Und damit drehe ich mich um und renne los.

Ich stürme zum Haupteingang der Schule raus, meine durchgeknallte Katze auf dem Arm und das Geheimdokument zwischen den Zähnen.

Meine Eltern warten im Auto bei laufendem Motor. Perfekt! Ich stolpere die Stufen runter, kämpfe mit dem Türgriff und springe endlich auf den Rücksitz.

»LOS, LOS, LOS!«, brülle ich.

»Hi, Ben«, sagt meine Mom. »Wir fahren jetzt mit dir zu einem Arzt, der sich deinen Kopf ansieht und … Warum hast du denn Jerome dabei?!«

McPhee kommt die Treppe runtergekeucht und auf das Auto zu, wobei er wild mit den Armen wedelt.

»FAHR LOS, DAD, FAHR LOS!«

Mein Dad setzt das Fahrzeug in Bewegung.

»WARTEN SIE! MR BLACK! HALTEN SIE AN!«

Mein Dad bleibt stehen.

»NEIN, DAD, NEIN!«

KAPITEL 46

Jetzt wird's ernst

»Hilf ihm nicht, Dad!«

»Ihr Sohn *(schnauf)* hat etwas ohne meine Erlaubnis *(schnauf)* entwendet *(schnauf)*, ich darf nicht zulassen *(schnauf)*, dass er es irgendjemandem zeigt.«

»Was hast du denn mitgenommen, Ben?«, erkundigt Mom sich seufzend.

»Sag bloß nicht, was es ist, Ben *(schnauf)*, gib es mir einfach zurück *(schnauf)*. Sofort *(schnauf)*, bitte.«

»Klingt ja ultrawichtig. Gib es Mr McPhee zurück, Ben.«

»Aber Mom …«

»Ben, du hast etwas genommen, das dir nicht gehört.«

»Sieh es dir doch an, Mom! Sieh es dir an!«

»Mr McPhee sagte doch, dass das niemand sehen darf.«

»Aber wirst du da nicht misstrauisch?!«, erwidere ich aufgebracht. Normalerweise kann ich mich darauf verlassen, dass mein

Dad für mich in die Bresche springt, aber jetzt starrt er nur auf den Boden und schüttelt den Kopf.

Dann hängt nun alles von mir ab, also richte ich mich an McPhee und sage: »Holen Sie es sich doch!«

Damit lege ich das Blatt auf die Sitzbank und pflanze Jerome obendrauf. McPhee sieht tatsächlich verunsichert aus.

»BENJAMIN SEYMOUR BLACK!«, brüllen meine Eltern im Chor.

Ich halte es nicht länger aus, also platze ich einfach damit heraus.

»MCPHEE IST EIN ALIEN, UND DAS IST SEIN PLAN, DIE ERDE ZU VERNICHTEN! FAHR, DAD! FAHR, SO SCHNELL DU KANNST!«

Doch mein Dad denkt gar nicht daran. Meine Eltern starren mich bloß aus großen Augen an und wechseln dann einen besorgten Blick.

In dem Moment fällt mir auf, dass sich meine Klassenkameraden draußen vor dem Auto versammelt haben. Alle sind da, Roongrat, Simon, und ich höre, wie sie kichern. Die Einzige, die nicht lacht, ist Parker, vermutlich ist sie sauer, weil sie doch meinte, ich solle keinem was verraten. Aber das musste ich doch!

Mein Dad scheint sich zu beruhigen und sagt: »Ich weiß genau, dass du denkst, dass du da was gefunden hast, aber das ist es nicht, nicht wahr, Mr McPhee?«

McPhee macht den Mund auf und klappt ihn wieder zu, als wüsste er nicht, was er sagen soll. Dann höre ich etwas. Klingt wie Kaugeräusche.

Die Geheimpläne!

Ich packe Jerome und rufe: »Spuck das aus, Kumpel! Los, du schaffst das! Sieh dir nur McPhee an!«

Doch es nützt nichts, die Beweise sind vernichtet. Sie sind nur noch Katzenfutter. Ich bin am Ende. Wir sind *alle* am Ende.

»Ich sage die Wahrheit!«, flehe ich. »Ich sage die Wahrheit!«

Ich höre, wie Simon sein nervtötendes Lachen ausstößt und ein paar Mädels kichern. Parker kaut auf ihren Nägeln herum, und meine Eltern wirken ziemlich enttäuscht, als hätte ich etwas Falsches getan.

Ich sacke auf dem Sitz zusammen. Keiner will mir glauben. Ich fühle mich so hilflos.

»Das alles tut mir sehr leid, Mr McPhee«, sagt meine Mom. »Wir werden dafür sorgen, dass Ben Sie nie wieder belästigt.«

McPhee sieht meine Eltern an. Dann betrachtet er die Kids, die mich auslachen. Er sieht mir ins beschämte Gesicht. Dann seufzt er und sagt etwas, das keiner von uns erwartet hätte.

»Ben sagt die Wahrheit. Er hat die Pläne gefunden, die ich entwickelt habe, Pläne zur Auslöschung der Erde.«

KAPITEL 47

Das große Staunen

KAPITEL 48

Auslöschung der Erde

McPhee gesteht alles. Er sagt, dass er insgeheim gerne Schriftsteller wäre und seit einiger Zeit an einer Science-Fiction-Story mit dem Titel »Die Auslöschung der Erde« arbeitet. Er behauptet, das sei also alles ein großes Missverständnis.

Ich will einen Blick auf die Geschichte werfen, um das zu überprüfen. McPhee scheint das peinlich zu sein, aber ich lasse ihm keine andere Wahl. Wir gehen nach drinnen.

»Na schön«, sagt McPhee. »Bringen wir's hinter uns. Du kannst sie lesen. Ich weiß, dass sie nicht besonders gut ist.«

Ich fange an zu lesen, muss aber sagen, dass die Geschichte gar nicht mal so übel ist. Mein Lehrer ist also nicht das, wofür ich ihn gehalten habe. Er ist überhaupt kein Dämlack.

»Zufrieden?«, will McPhee wissen.

»Kann ich das ganz lesen?«, frage ich. »Ich will unbedingt wissen, wie's weitergeht.«

Meine Eltern und McPhee wirken verblüfft. Sie unterhalten sich, während ich weiterlese. McPhee nimmt die Schuld ganz allein auf sich. Er gibt zu, dass er mich nicht genügend ermuntert hat, weil er fand, eine berufliche Zukunft als Künstler sei eine Schnapsidee. Er meint, er wollte mir nicht allzu große Hoffnungen machen, weil er als Kind ganz ähnliche Träume hatte wie ich.

Und jetzt höre sich einer das an, er gibt sogar zu, dass er meine Zeichnung nicht für den Wettbewerb eingereicht hat! Er behauptet zwar, er hätte das vergessen, aber das war pure Absicht!

Auch wenn er mir ständig Steine in den Weg gelegt hat, beschließe ich, wahre Größe zu zeigen und ihn dazu zu ermuntern, die Geschichte am nächsten Tag der ganzen Klasse vorzulesen. Seine Augen fangen an zu leuchten. Na ja, soweit die Augen einer verschlafenen Schildkröte eben leuchten können.

»Im Ernst?«, hakt er nach. »Du findest sie echt gut?«

»Sicher, warum nicht?«, frage ich. Der eigentliche Grund aber, warum ich will, dass er die Geschichte im Unterricht vorliest, ist der, dass wir dann keine Hausaufgaben machen müssen. Und ich schätze, so schlecht ist sie wirklich nicht.

Doch als sich die Geschichte dem Ende nähert, hört sie einfach abrupt auf.

»Wo ist denn der Schluss?«

»Ich habe zwei Varianten geschrieben«, entgegnet McPhee. »Und ich kann mich nicht entscheiden, welchen Schluss ich nehmen soll.« Er zeigt sie mir beide. Die erste Version endet damit, dass die Erde komplett zerstört wird. In Version zwei dagegen wird die Erde in letzter Sekunde gerettet.

»Welches Ende gefällt dir denn besser?«, will er wissen. »Ich neige ja zu der völligen Zerstörung der Erde.«

»Nein. Nehmen Sie das Ende, bei dem die Erde gerettet wird«, sage ich.

»Bist du sicher, Ben?«

»Ganz sicher.«

»Dann soll es so sein«, verkündet er.

Ich hab's geschafft!

McPhees Buch war ganz offensichtlich seine Art, eine echte Invasion des Planeten Erde vorzubereiten, und ich habe soeben meine Überredungskünste dafür eingesetzt, ihm die endgültige Auslöschung auszureden. Gern geschehen, liebe Welt!

Ich muss sofort meine Liste auf den aktuellsten Stand bringen.

KAPITEL 49

Glaubwürdige Geschichte

McPhees Geschichte ist am nächsten Tag DER Hit. Die ganze Klasse klatscht begeistert Beifall, als McPhee fertig gelesen hat. Er überrascht uns dann noch alle, indem er etwas tut, das wir bei ihm noch nie gesehen haben. Er lächelt.

So sieht das Lächeln bei ihm aus. Das kannst du mir schon glauben.

Die Sache spricht sich schnell rum, weshalb auch andere Klassen wollen, dass er ihnen die Geschichte vorliest. Ich glaube, Miss Ortiz ist auch ziemlich beeindruckt von seiner Geschichte, weil ich nämlich mitkriege, wie sie McPhee zuzwinkert.

Ich kann mich jetzt wieder entspannen, weil mein Lehrer, das Alien, nicht länger eine Bedrohung für unseren Planeten darstellt. Ich habe dafür gesorgt, dass er keine Gefahr mehr ist, und er lernt schnell, sich an uns Menschen anzupassen.

Den Termin bei dem Arzt, der sich meinen Kopf ansehen sollte, haben meine Eltern gecancelt. Endlich ist ihnen klar geworden, dass mit meinem Kopf alles in bester Ordnung ist.

Die ganzen Kids in der Klasse sind auf einmal total nett zu mir, weil ich McPhee dazu gebracht habe, seine Geschichte vorzulesen, denn deswegen hatten wir die ganze Woche keine Hausaufgaben auf!

McPhee ist wie ein neuer Mensch.[10] Er ist viel entspannter, und ich krieg sogar auf einmal viel bessere Noten, was auch für mich was ganz Neues ist. Vielleicht will er mich dafür entschädigen, weil er mich so lange so mies behandelt hat.

McPhee gibt mir sogar die Gelegenheit, meinen Lincoln-Aufsatz noch einmal neu zu schreiben.

Als ich den bei ihm einreiche, achte ich genau auf seinen Gesichtsausdruck. Er sieht aus, als wäre alles in bester Ordnung, als hätte er gut gefrühstückt.

Dieses Mal kamen total viele langweilige Wörter, vollständige Sätze und eingerückte Absätze vor.

Doch es war die letzte Seite, die dem Ganzen den ultimativen Schliff gab.

10 Er ist nur »wie« ein neuer Mensch, weil er natürlich in echt ein Alien ist.

UND NUN ... DAS FESSELNDE ENDE VON »LINCOLNS SCHNAUZER«!
HERRJE! EIN RASIERER!
IST DIES DAS ENDE??
BÄM!
DANKE DIR, VAN GOGHS OHR!
DAS WAR HAAR-SCHARF!
BIN GANZ OHR!
ENDE

KAPITEL 50

Offene Fragen

Du fragst dich vielleicht immer noch, wo das Blut auf McPhees Hemd herkam. Es war sein eigenes. Als er raus auf den Flur ist, um nachzusehen, woher der Lärm kommt, da war der Übeltäter …

Und weißt du noch, als dieser tollwütige Waschbär Pfirsichflaum angegriffen hat? Das war in Wirklichkeit auch Jerome. Ich weiß das, weil ich ein Stück von Pfirsichflaums zerfetztem Hemd unter Jeromes Krallen gefunden habe.

Jerome muss mir in dieser Nacht gefolgt sein und hat dann Pfirsichflaum angegriffen. Danach ist er weitergestreunt zur Schule, wo McPhee exakt das mit Jerome gemacht hat, was man mit ihm unter keinen Umständen machen sollte. Er hat versucht, ihn hochzuheben. Und du weißt ja, was passiert, wenn ein anderer als ich versucht, Jerome hochzuheben. Keine gute Idee.

Wir sind mit Jerome in die Tierklinik gefahren, um ihn untersuchen zu lassen, und selbst der Tierarzt weiß inzwischen, wie er sich schützen kann.

McPhee war total zerkratzt, es gelang ihm aber, Jerome in ein leeres Klassenzimmer einzusperren. Dort muss Analie ihn gefunden haben und dann hat sie ihn mitgenommen.

Schon komisch. Irgendwas an Analie ist wohl anders. Sie hat doch auch noch irgendwas gesagt. Von wegen, sie hätte Jerome auf dem Flugblatt erkannt, das ich gezeichnet habe. Mit anderen Worten, meine Kunst kann was bewirken!

Ich aktualisiere sofort meine Liste.

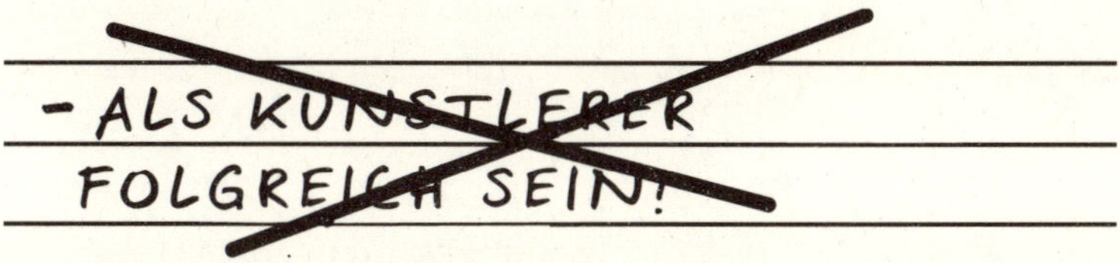

Und dann passiert noch etwas. Miss Ortiz hält mich in der Aula auf und teilt mir mit, man wolle doch nicht Simons KorallenBobNesselkopf-Entwurf als Wandgemälde haben. Dies habe mit rechtlichen Dingen zu tun und dass die Schule nicht will, dass man sie verklagt.

»Also werden wir einfach den zweitplatzierten Beitrag auswählen.«

»Und welcher ist das?«, frage ich.

»MEINER??«

»Die anderen Teilnehmer haben jeweils nur eine Stimme bekommen. Du hast zwei.«

Zwei? Ich hab doch gar nicht für mich selbst abgestimmt! Was können das für zwei Leute sein, die für mein Gekritzel gestimmt haben?

»Natürlich habe ich für dich gestimmt, Ben!«, erzählt Parker mir nach der Schule. »Ich fand das Gekritzel ganz schön mutig. Es steht für die Mühen des Erwachsenwerdens, während man gleichzeitig an seiner Kindheit festhält.«

Das klingt genial. Langsam finde ich mein eigenes Geschmiere selber ganz gut.

»Außerdem erinnert es mich an Raumschiff Enterprise«, fügt sie hinzu.

»Ich hab auch dafür gestimmt«, sagt Roongrat. »Parker hat mir gedroht, mir die Unterhose hochzuziehen, wenn ich es nicht tue. Ist ein Fakt.«

Simon war schockiert, dass man ihn die Wandgestaltung *nicht* übernehmen ließ. Schätze, er ist nicht daran gewöhnt, dass er seinen Willen nicht bekommt.

Da fällt mir ein, ich habe heute ein neues Wort gelernt: *Schadenfreude.*

Mein Dad hat mir erklärt, es bedeutet, dass man glücklich ist, weil jemand anderem etwas Schlechtes passiert.

KAPITEL 51

Ende gut, alles gut

Meine Mom hat für meinen Geburtstag alles mit Girlanden und Wimpelketten dekoriert und Becher, Teller und Servietten bereitgestellt – das Übliche eben.

Sie hat Einladungen an die ganze Klasse verschickt und so gut wie jeder kommt vorbei. Mein Job ist es, die Süßigkeiten-Tüten zu verteilen. Ich will nicht bis ganz zum Schluss warten, deshalb mache ich das als Erstes.

»Aha, Schokokuchen!«, höre ich Roongrat zu Simon sagen. »Wusstest du, dass die ganzen Genies gern Schokokuchen aßen?«

Simon bläst immer noch Trübsal, weil er nicht beim Wettbewerb gewonnen hat. Ich erzähle ihm, dass Erica oben ist und sich zum Kuchenessen zu uns gesellen wird, und sofort fängt er an zu strahlen. Auf meiner Party will ich keine Miesepeter sehen.

»Auf dem Kuchen war eigentlich ein Bild von dir drauf«, sagt meine Mom, »aber Jerome hat es heruntergefressen.«

Klar hat er das. Wie schön, dass er wieder ganz der Alte ist.

Ich wünsche mir was und puste die Kerzen aus.

»Los, mach die Geschenke auf!«, fordert Parker mich auf und fängt an, mir eins nach dem anderen zuzuwerfen.

Roongrat hat mir das hier gekauft:

»Manches von dem, was da drinsteht, ist falsch«, sagt er.

Simon hat mir das geschenkt:

Dem werde ich's aber zeigen, wenn wir wieder gegeneinander spielen.

Von meiner Schwester hab ich das bekommen:

Und Parker hat mir einen neuen Rucksack besorgt!

Meine Eltern haben mir ein paar Bücher gekauft.

Und ein neues Fahrrad!

Und einen neuen Springstock!

Ja, ich weiß, bisschen verwirrend.

Außerdem hab ich noch ein paar Karten mit Geld drin bekommen, und ich hab auch schon die ein oder andere Idee, wofür ich das ausgebe.[11]

Nacheinander holen die Eltern ihre Kinder ab, bis nur noch Parker übrig ist. Ihr Dad wollte noch ein bisschen bleiben und ein wenig mit meinen Eltern plaudern, also hilft Parker mir beim Aufräumen.

11 Für Süßkram.

Sie erklärt mir, wie froh sie ist, dass alles gut ausgegangen ist.

»Ich auch«, sage ich. »Aber ich weiß immer noch nicht, von wem dieser Zettel war.«

»Du bist echt witzig, Ben.«

»Danke. Du auch, Parker.«

»Und, siehst du dieses mysteriöse Mädchen immer noch? Diese Analie?«

»Nö, sie ist weg.«

»Freut mich zu hören«, meint sie. »Du weißt, dass auf meiner Couch immer ein Plätzchen für dich frei ist, Ben.«

»Auf deinem Kuschelsofa meinst du«, sage ich.

Plötzlich kommt Parkers Dad an und sagt: »Weißt du was, Ben, ich könnte einen Zeichentisch für dich bauen.«

Keine Ahnung, ob das nun ein Angebot oder eine Drohung ist.

Während ich Parker zum Abschied zuwinke, entdecke ich vor der Tür einen großen Umschlag.

Der ist von Analie! Ob ich sie wohl je wiedersehe?

Ich nehme den Umschlag mit rein und leere den Inhalt auf dem Boden aus.

UNKONVENTIONELL
EINFALLSREICH
GELENKIG
NEUGIERIG
GIRLS
ZIELSTREBIG

AUSDRUCKSSTARK
MUTIG
ULKIG
ORDENTLICH
PFIFFIG
FREUNDLI
TIERLIEBHABER
LADY-PLUS
KOMFORT-
WINDELN

Analie ist auch Künstlerin? Das ist ja wohl obercool! Das absolut beste Geschenk! Das und das neue Fahrrad.

Außerdem scheint sie eine Poetin zu sein, weil sie nämlich folgendes Gedicht beigelegt hat.

DERBELIEBIGEERDLINGDENICHBEOBACHTENSOLLTE
ZEIGTVIELEPOSITIVEEIGENSCHAFTENDESHALB
EMPFEHLEICHDIEGEPLANTE
INVASIONDERERDEABZUBLASEN.

Keine Ahnung, was das heißen soll, aber ich wette, da steckt irgendeine tiefgründige, verborgene Botschaft dahinter. Ich bin zwar kein Experte, aber ich wette, es geht um irgendwas total Zartes, Zerbrechliches. So was wie Blumen. Ich versuche, das ein anderes Mal zu enträtseln.

Hey! Die Schrift kenne ich doch! Die sieht aus wie die auf diesem Zettel, den ich im Rucksack hatte.

Analie N. hat mir also diese Nachricht geschrieben! Sie wusste über McPhees schurkische Pläne Bescheid und hat sofort erkannt, dass ich die Bedrohung als Einziger abwehren kann. Sie wusste, dass ich die Erde retten würde.

Jetzt ergibt das alles endlich einen Sinn. Zumindest für mich.

KAPITEL 52

Das war's, Leute

Das Leben ist schon manchmal verrückt, wenn man so darüber nachdenkt. Gerade habe ich mich einem Alien gestellt, das vorhatte, die Erde zu vernichten, und es dazu gebracht, es sich anders zu überlegen.

Ich habe diesem Alien mitten ins Gesicht geblickt.

Das Alien hatte nichts Gutes im Sinn, doch dank mir ist die Gefahr gebannt.

Ich war der Einzige, dem das Alien überhaupt aufgefallen ist!

Tut mir leid. Da erzähle ich die ganze Zeit von meinem Lehrer, dem Alien, krieg aber aus irgendeinem Grund Analie nicht aus dem Kopf. Schätze, ich bin zu abgelenkt.

Ich hole meine Liste mit den Zielen hervor und sehe sie mir ein letztes Mal an. Ich habe jedes einzelne Ziel abhaken können!

Aber was ist das? Da steht ja etwas, das noch nicht durchgestrichen ist!

Räum dein Zimmer auf!

Das ist nicht meine Handschrift – es ist die von meiner Mom! Na schön. Das mache ich gleich morgen früh.

Es sei denn, es gibt Wichtigeres zu tun.

ENDE

Danksagung

Für immer dankbar bin ich meiner Mom und meinem Dad sowie meinen Brüdern Nick und Carl, dafür, dass sie mich stets ermutigt und unterstützt haben. Mein besonderer Dank gilt auch Lynn, ohne deren Glauben an mich und deren Hingabe ich wohl niemals Comiczeichner geworden wäre. Ich danke außerdem Jen, weil sie so unsagbar inspirierend ist. Sie ist vermutlich das Beste, was ich je mit erschaffen durfte.

Vielen Dank dem fantastischen Team bei HarperCollins, für die harte Arbeit und dass man mich dort so herzlich empfangen hat. Meinem Lektor Dave Linker kann ich gar nicht genug danken für seine geduldige, geistreiche Unterstützung und dafür, dass er mir diese erste E-Mail schrieb. Spezielle Anerkennung verdient Emily Brenner, meine heimliche Heldin bei HarperCollins.

Ich will außerdem all jenen danken, die erste Entwürfe gelesen und mir wertvolles Feedback gegeben haben: Lincoln, Jen, Lynn, Carl, Cindy, Dan, John, Norm, Ben, Sage, Hilary und Terri.

Danke an die Andrews McMeel Syndication, meinen Lesern und allen, von denen ich auf meinem Weg Zuspruch erhalten habe. Ist es zu albern, dass ich allen meinen Haustieren danken will, die ich in meinem Leben hatte? Vermutlich schon.

Danke allen Künstlern und Musikern, auf die ich Bezug nehme oder die ich parodiert habe.

Mein besonderer Dank gilt der talentierten Hilary »Rhymes with Oranges« Price, von der der Entwurf der Analie stammt.

Sollte ich noch jemanden vergessen haben, lasst es mich bitte wissen.

10411

Lincoln Peirce

Super Nick

Bis später,
ihr Pfeifen!
Band 1, 224 Seiten,
ISBN 978-3-570-15316-1

Ihr seid raus,
ihr Flaschen!
Band 2, 224 Seiten,
ISBN 978-3-570-15354-3

Platz da,
ihr Nieten!
Band 3, 224 Seiten,
ISBN 978-3-570-15554-7

Packt ein,
ihr Knalltüten!
Band 4, 224 Seiten,
ISBN 978-3-570-15622-3

Ohne mich,
ihr Sesselpupser!
Band 5, 224 Seiten,
ISBN 978-3-570-15681-0

Ich zeig's euch,
ihr Dumpfbacken!
Band 6, 224 Seiten,
ISBN 978-3-570-15850-0

Bei mir läuft's,
ihr Nullchecker!
Band 7, ca. 224 Seiten,
ISBN 978-3-570-17175-2

Das war's,
du Nerd!
Band 8, ca. 224 Seiten,
ISBN 978-3-570-17322-0

10195_8

cbj

www.cbj-verlag.de

Sven Gerhardt

DIE HEUHAUFEN-HALUNKEN

Die Heuhaufen-Halunken

Band 1, 160 Seiten,
ISBN 978-3-570-17389-3

Die Heuhaufen-Halunken – Volle Faust aufs Hühnerauge

Band 2, 160 Seiten,
ISBN 978-3-570-17419-7

Die Heuhaufen-Halunken – Gülleduft und Großstadtmief

Band 3, 160 Seiten,
ISBN 978-3-570-17505-7

Die Heuhaufen-Halunken – Rache ist Süßkram

Band 4, 160 Seiten,
ISBN 978-3-570-17581-1

Witzige Bandenabenteuer mit Bullerbü-Feeling

Die Heuhaufen-Halunken, das sind Meggy, ihr Bruder Schorsch, Knolle, Alfons, Marius und die kleine Lotte. Sie haben es faustdick hinter den Ohren und schmieden in ihrem Bandenquartier in der alten Scheune jede Menge verrückter Halunken-Pläne. Vor allem aber können sie sich immer aufeinander verlassen, denn dafür sind beste Freunde schließlich da!

10404_4

cbj

www.cbj-verlag.de